내 몸속에 푸른 호랑이가 있다

이경림
시집

문예
중앙
시선
007

내 몸속에 푸른 호랑이가 있다

이경림
시집

문예
중앙

　존재가 하나의 헛소문에 불과하다는 사실을 받아들이
는 데 60년이 걸렸다. 생이, 보르헤스 소설의 '푸른 호랑
이'처럼, 건너편 산에 산다는 아무도 본 적 없는 '푸른 호
랑이'의 눈빛 같은 거라는 사실을 받아들이는 데 600년도
더 걸린 것 같다. 그러니, 푸른 호랑이는 애초부터 없었다
는 사실을 받아들이는 데는 또 얼마만큼의 시간이 필요한
것일까?

　하여, 그저 그것들이 꿈인 듯 생신 듯 어른거리던 자리
를 '푸른 호랑이'라 불러보았다. 두 번째 시집『그곳에도
사거리는 있다』에서 가소롭게도 '세계의 주인은 나의 정
부였다'고 오두방정을 떨었던 것처럼.

차례

1부

空

네 몸속에 푸른 호랑이가 있다
네 몸속에 푸른 호랑이가 있다
네 몸속에 푸른 호랑이가 있다
네 몸속에 푸른 호랑이가 있다
네 몸속에 푸른 호랑이가 있다
네 몸속에 푸른 호랑이가 있다
네 몸속에 푸른 호랑이가 있다

여인아
너의 알몸 위에 별처럼 흩뿌려지는 놈의 씨앗들을 보아라

• 재미 화가 심정실의 작품 〈waiting for spring〉.

우리가 한 바퀴 온전히 어두워지려면

먼저 어둠이 몰려와야 하리
울부짖는 한 무리 갈가마귀 떼같이

정수리에 아직 뿌옇게 빛이 묻어 있는 저 모자구름을
덮으며
　그 아래 산을 덮으며
　그 아래 집들을 덮으며
　그 아래 가로수를 덮으며
　그 밑을 오고 가는 온갖 것들을 뒤덮으며
와야 하리

그림자들은 사방으로 몸을 늘리며 번져야 하고
마을이 미끄러지듯 길 끝으로 걸어가
그 끝에 기대섰던 山만 한 고요와 만나야 하리
그러면, 세상 한 날의 적막한 식사 시간인
밤이 시작되리

그때, 궁창은

이루 셀 수도 없는 별들을 켜들고 달려오고
한 귀퉁이에서 달은 예의 그 노란 터널을 열리
그 속으로, 이녁이 한도 없이 흘러가는 소리……

어떤 이는 바람 소리라 하고
어떤 이는 풀벌레 뒤척이는 소리라
또 어떤 이는 지구 돌아가는 소리라
신음 소리라
뉘 우는 소리라
하는 그 소리, 밤새 들으며
짧고 깊은 꿈 건너야 하리, 아니
또 누군가는 뜬눈으로
검은 밤이 하얗게 새는 장관을 보기도 하리
우리가 정말로 한 바퀴 온전히 어두워지려면

푸른 호랑이

설렁탕과 곰탕 사이에는 푸른 호랑이 한 마리가 산다
어떤 생의 무릎과 혓바닥 사이에는
어떤 생의 머리뼈와 어떤 생의 허벅지 살 사이에는
형언할 수 없이 슬픈 눈과 사나운 관능을 가진
푸른 호랑이 한 마리가 산다

저 높은 굴뚝을 천천히 빠져나가는 푸른 연기와
사라지는 뼈
사라지는 살들 사이에는

낡은 의자에 앉아 곰탕을 먹는 노신사와
그 앞에서 설렁탕을 먹는 시든 달리아 같은 아내 사이
에는

그것들의 배경인 더러운 유리창과
산발을 하고 흔들리는 수양버들 사이에는
날개를 빳빳이 펴고 태양 속으로 질주하는 새
반원을 그리며 느리게 불려가는 바람 사이에는, 그래!

>

미친 듯 포효하는

푸른 호랑이 한 마리가 산다

빈 병
— 푸른 호랑이 2

집으로 가는 길, 담 모퉁이에 기대어 있었다

녹색을 입고 있었지만 빈 속이 다 보였다
골 뚜껑을 훤히 열어놓고 있었다

흩날리는 눈발 속이었다
몇몇의 눈발들이 기적처럼
그의 속으로 뛰어들기도 했다

그는 너무 깊어진 생각 때문에 몸이 무거운 것 같기도
했다
속엣것을 다 쏟아내 너무 허한 것 같기도 했다
아니 그저 아득히 저 너머로 휘파람을 불고 있는 것 같
기도 했다

그때!
예정된 무슨 운행처럼
나의 두 발이 교차하며 그의 앞을 지나왔다

>

마치, 그가 이루 헤아릴 수 없는 순간들을 거슬러와

그토록 빈 병이 되어 서 있는 일처럼

녹슨 자전거와 해바라기와 나

문간에는 녹슨 자전거가 있었습니다

담 너머 해바라기들이 일렬로 서 있었습니다

해는 中天에서 떠서 中天으로 졌습니다

안장에 中天을 앉히고 자전거가 해를 보고 있었습니다

정수리에 까맣게 제 씨를 심은 해바라기들이 해를 보고 있었습니다

우물 같은 가마 하나를 정수리에 몰래 이고 내가

빈 항아리처럼 앉아 있었습니다.

녹슨 자전거가 선 채로 오후 두시 속으로 날아갈 때

어떤 것도 흔들지 않는 바람이 일었습니다

해바라기들이 한꺼번에 노랗게 웃었습니다

수목장 숲에서
— 푸른 호랑이 3

잠시 전에는 시인이었는데 지금 나무가 된 나무가 서
있었다 그 앞에 잠시
　전에는 나무였는데 지금 시인이 된 시인이 서 있었다
잠시
　시인이었을 때를 기억 못 하는 나무 앞에 잠시
　나무였을 때를 기억 못 하는 시인이 서 있었다 잠시
　지나간 바람을 기억 못 하는 나무들이 잠시
　자신의 이름이 희미하게 새겨진 발찌를 차고 잠시!
　무뇌아처럼 서 있는

　숲의 한쪽에

고고학적 아침

A가, 내가 마른 조기의 비늘을 긁어내고 있을 때 아침
이 왔어 하고 말했다

H는 닭고기를 막 끓는 물에 넣으려는데 아침이 왔어
하고 말했다

G는 엄청나게 큰 냄비를 간신히 들어 가스레인지 위
에 올려놓고 나니 비로소 아침이 왔어

　　　하고 말했다

S는 아아 믿을 수 없을 만큼 격렬했던 그 섹스가 있기
전에 먼저 아침이 와 있었어

　　　하고 말했다

M은 수평선이 그렇게 상투적으로 그어진 후에야 아침
이 왔어

　　　하고 말했다

K는 다가올 석기 시대의 끝쯤, 한 동굴에서 미친 돌의
아이가 태어난 직후에

　　　아침이 왔어 하고 말했다

E는 내일이라고 부르는 오늘, 식탁에 세 번째 숟가락
을 놓기 전에 아침이 왔어

하고 말했다 어쨌든!

아침이 왔다 창은 노래하고 침대는 하품한다
A는 아침이 익는 동안 소파의 방향을 바꾸어놓고
B는 설익은 아침을 우적거리며 TV를 보고
H는 아침의 어깨너머로 보이는 붉은 벽돌 담장을 재
빨리 집어삼키고
K는 끓는 닭다리를 끓는 닭다리가 되게 둔 채 신문을
보고
E는 신문 속에서 끓는 닭다리 사이로 자욱한 아침을
본다

그때 F가 아침을 아침이라고 믿는 자는 얼간이
라고 말했다
G는 뭐든 믿을 수 있는 건 얼간이가 아니야
라고 말했다
뭐든 믿을 수 없는 것도 얼간이가 아니야
라고 말했다

＞

　아침이 아침을 넘어 노랗게 밀어닥치는 속에서 아침을
짓는 일은 쓸쓸하여라

　A가 노래했다

　아침을 먹고 아침을 입고 아침을 신고 아침 속으로 걸
어가는 아침의 등은 쓸쓸하여라

　B가 노래했다

　번개같이 달아나는 아침의 뒤꿈치를 보며 걸레를 빠는
일은 쓸쓸하여라

　H가 노래할 때, 유리 밖으로 신석기의 구석기 청동기
쥐라기……의

　아침들이 한꺼번에 지나가고 있었다

　AHDESMK……들의 단 한 켤레의 군화 소리로 자자
한 아침이

　기다랗게

검은 구멍이 검다면 어떻게 볼 수 있을까?*

"무도회에 가본 일이 있어? 검은 턱시도를 입은 젊은 남성과 흰 드레스 차림의 젊은 여성이 서로 껴안고 춤을 추는데 조명이 어두워졌다면 눈에 보이는 것은 여성뿐이겠지 그래, 여성은 보통의 별, 남성은 검은 구멍이란 말일세 검은 구멍을 볼 수 없기는 무도회의 남성을 못 보는 것과 마찬가지지만 돌고 있는 여성은 그녀를 궤도에 붙들고 있는 안 보이는 존재를 확인시켜줄 걸세"

—존 휠러

아마도 태어난 지 얼마 안된 어느 날, 나는 한 거대한 방에서 몇몇의 인간들이 보이지 않는 자신들의 호랑이를 중심으로 일정한 궤도 위를 돌고 있는 것을 보았으리라 그들은 영문 모를 일로 한없이 분주한 것 같았지만 자세히 보면 결국 그 일들은 보이지 않는 자신들의 호랑이를 확인시켜주는 일에 지나지 않았으리라 그 사실을 알고 나서야 나는 비로소 완벽한 갓난아이로 돌아갈 수 있었으리라

• 스티븐 호킹의 『시간의 역사』에서.

>

언제부턴가 나는 나의 호랑이가 짜놓았을 수세기의 시
간표 속에서 같은 궤도 위를 정신없이 돌고 있는 나를 발
견했다 그러나 다른 호랑이들처럼 나의 호랑이 역시 보
이지 않았다 셀 수 없는 날들이 지나고 나서야 나는 그
누구도 자신들의 호랑이를 볼 수 없는 이유에 대해 어렴
풋이 짐작할 수 있었다 그것은 이 거대한 방 안의 공기와
호랑이들의 빛깔이 같기 때문인 것 같았다

살구나무 장롱

아버지, 살구씨 하나를 뜰에 심었는데 왜
귀를 쫑긋 세우고 두 장의 떡잎이 나오나요
그 속에 무슨 손이 녹두싹 같은 것 터트려
허공으로, 허공으로 치솟게 하나요
햇살 속으로 이슬 속으로 소나기 속으로 막 달아나게
하나요
문득 비 그친 후, 노란 김 피워 올리며
아기 살구 몇 매달게 하나요

떡잎에서 살구까지 몇 리나 되는지 나는 몰라요
막 달아남의 끝에는 무엇이 있는지 나는 몰라요

거기 가면 온전히 살구나무인 살구나무가 있을 것도
같아
막 달아나는 저 살구나무의 속도를 흉내도 내보지만
끝내 그건 살구나무 아니면 아무도 모르는 살구나무
장롱 속의 일

>

　폭양이 황금빛 살구들을 떼로 몰고 오는 저녁이에요
아버지
　장지문을 열면, 신 내를 확 풍기며 달려드는
　미친년 같은 살구나무 한 그루가
　꼭 살구나무만 한 그림자에 싸여 흔들리는데요……

　자꾸 왜냐고 물으면
　그 또한 꼭 살구씨 한 알만 한
　장롱 속의 일 아니겠느냐고

유리의 지금

솟을대문을 열고 들어가니 안개 자욱한 정원이었는데
그 사이로 언듯언듯 수많은 길들 보였는데
그중 어떤 길인지 나, 종일 걸어갔는데
그 끝에서 물레 잣는 한 노파 만났는데
그녀의 손끝에서 실뱀 같은 길이 꾸역꾸역 흘러내려
안개 속으로 흘러드는 것 보였는데

천 년은 묵은 나무뿌리 같기도 하고, 무슨 짐승의 화석
같기도 한 그녀
안개 때문에 수없이 명멸하였지만 옆모습은 분명
'나'라,
불현 목이 말라, 물레만 잣는 '나'에게 물 좀 주세요,
물 좀……
애원하였으나, 들었는지 못 들었는지 그녀 그저 하염
없이 물레만 잣고 있었는데
나, 그만 가슴이 먹먹하여 우두커니 서서 생각느니
그녀는 분명 귀머거리라

そ

　　그때 나, '나'와 무슨 말을 나눴는지,

　　물은 얻어먹었는지 도무지 기억이

　　까마귀 날아간 자리라

　　누구는 거기가 허공이라 하고

　　또 누구는 벌판이라 하지만

　　아무튼 그때 나, 무슨

　　나무인 듯 안개인 듯

　　그저 흠뻑 젖어 있었는데……

　　엄마! 뭐야? 벌써 일곱시잖아?

　　아이들 툴툴거리며 뛰쳐나가는 소리

　　아버지 할아버지 증조할아버지

　　갓 쓰시고 도포 걸치시고 부스럭부스럭 출타하시는

소리

　　놀라 깨어나니 뉘 집의 안방이라

　　중구난방 흩어진 옷가지며 가방 색연필 지우개

　　(지팡이 버선 짚신짝 놋숟갈……)

치워도, 치워도 끝이 없는 것들 종일 치우며
안방에서 건넌방으로 건넌방에서 부엌으로 종종거리
는데
손바닥만 하던 집의 안쪽은 가도 가도 끝이 없어
눈 깜빡할 사이 해가 지고

나, 그때 마루 한쪽에 서 있는 낡은 거울 앞을 지나다
거울 속 한 적막강산을 급히 지나는 백발의 노파를 보
고 말았는데
그 뒤의 뒤편이 슬쩍 보이는 검붉은 창을 보고야 말았
는데
필시 청동기쯤의 해가
유리의 지금에 온통 피 칠갑을 해놓고
꽁지가 빠지게 달아나는 것 보고야 말았는데

달밤
― 푸른 호랑이 4

수천 그루 나무들이 산 하나를 떠메고 가는 장관을 보았습니다
그들의 정처를 알 길 없는 나는
그 소란이 그저 고요이거니 하였습니다

그때 우리는 언제 한번 핀 적도 없는 벚꽃 아래서 길을 잃거나
산수유들의 노란 허구렁에 눈을 주거나
그 밑에 잠시 똬리 틀고 잠든 초록비단뱀 같은 마음 하나에 끄달리느라
방금 전 그 산이 수만리 저쪽으로 막 달아나는 것도 몰랐습니다

그 자리, 처음 보는 나무들이
처음 보는 산 하나를 떠메고 와서는
어딘가로 또 내달리고 있었습니다
아아, 그 미친 속도를 무어라 쓸 길이 없어
나는 속절없이 또 고요라 쓰고 말았습니다

늪

우리 엄마가 나를 낳은 건 육만 년 전
내가 우리 딸을 낳은 건 삼만 오천 년 전
우리 딸은 지금 제 배 속에다 팔천 년째 아기를 키우고
있네
우리 딸은 배 속에 있는 제 아기가 보고 싶어
매달 산부인과로 초음파를 하러 가네
오만 살쯤 먹은 의사가 둥그런 박 같은 내 딸의 배 위에
조갑지만 한 기계를 대고 슬슬 굴리면
내 딸의 배 속에 있는 내 딸의 딸이 팔을 쑥 내밀었다
얼굴을 쑥 내밀었다 황급히 무슨 늪 같은 것 속으로 들
어가네
나는 사람의 배 속이 늪인 줄 육만 살이 되어서야 알
았네
늪이 저렇게 둥그런 바가지 속이라는 것도
온전히 사람이 되려면 사람의 늪에서 만 년을 견뎌야
한다는 것도 처음 알았네

'엄마, 코가 뭉툭한 게 엄마 닮았나? 나 닮았나?'

>

내 딸은 아직 삼만 오천 살밖에 되지 않았으므로
내가 자기라는 걸 모르네 지금 제 배 속에
팔천 년째 키우고 있는 것이 제 엄마라는 것도 모르네
'아직 철이 덜 든 게야'
팔만 살까지 세다가 나이를 까먹었다는 노파가
웃는 듯 우는 듯 말했네

病

내가 남쪽으로 걸어갈 때 남쪽으로 부는 바람은 등 떠
미는 바람
내가 남쪽으로 걸어갈 때 북쪽으로 부는 바람은 가슴
치는 바람

서쪽으로 걸어갈 때 남쪽으로 부는 바람은 옆구리 지
르는 바람
동쪽으로 걸어갈 때 북쪽으로 부는 바람도 옆구리 지
르는 바람

그대여
여기 지금 아무도 없는데 저 혼자 부는 바람은 무슨 바
람인가
저 혼자 불어가다 저 혼자 되불어오는 바람은 무슨 바
람인가

왜 어떤 날은 바람도 없는데 그대 있고
왜 어떤 날은 그대도 없이 바람만 부는가

그런 날은
허공이 밤새 앓는 소리를 내더라
집집의 창들이 밤새 앓더라

─하여 생각느니
사람이나 바람이나
한 피 저무는 소리 저리 아프다

神 5
─아침 숲

새벽 산길을 오르는데
노란 꽃들을 잔뜩 매달고 생강나무 한 분 계시더라
옆에 가시나무도 계시더라 참죽나무 오리나무 물푸레
나무
꿀밤나무 층층나무 모감주나무 말오줌나무도 계시더
라 무슨 神들처럼
매캐하고 희미한 기운에 싸여 물을 뚝뚝 흘리시더라

신들은 하나같이 제 생각에 골몰하시더라
제 생각을 꽃으로 열매로 잎사귀로 들고 서서

'잎에 다다를 수 없는 열매에 대하여, 꽃에 다다를 수
없는
이파리에 대하여, 다른 꽃에 다다를 수 없는 꽃들에 대
하여'
그저, 몸으로 보여주시더라

나는 문득 무섬증이 일어 언덕 위로

위로 막 달아났더라 언덕이
나를 다 잡아먹을 때까지

그리고는 무슨 이상한 기운에 싸여
시푸른 아침 햇살을 걸친
빽빽한 신들의 숲을 빠져나왔더라

虎患
― 푸른 호랑이 5

보랏빛 무슨…… 꽃이 피었네

꽃의 하늘을 휘저으며 꽃 위를 맴돌던 잠자리들이
홀린 듯 가고 없네

보랏빛 무슨…… 꽃이 피었네

개미들의 하늘을 흔들며 꽃들이 깔깔거리네

보랏빛 무슨…… 꽃이 피었네

한 줄로 서서 꽃그늘을 옮기는 개미들

보랏빛 무슨…… 꽃이 피었네

푸른 호랑이 울음을 따라간 뒤,
소식 없는 오라비를 찾아 강을 건넌 아비가 오지 않네

〉

보랏빛 무슨…… 꽃이 피었네

아비 찾아 강을 건넌 어미가 오지 않네

보랏빛 무슨…… 꽃이 피었네

어미 찾아 강을 건넌 내가 오지 않네

그 무슨 보랏빛……?

2부

飛翔

비행기 속에는
이렇게!

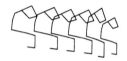

웅크린 채 죽은 뼈다귀들이
떼를 지어
구름을 벗어나고 있었다

울음 1
— 푸른 호랑이 6

식구들이 모두 나가고 텅 빈 집은 울음으로 꽉 찬다
텔레비전이 들릴 듯 말 듯한 소리로 ㅈㅈㅈㅈㅈㅈㅈㅈ
운다 시계는 치르르 철컥 츠르르 철컥 울면서 가고
탁자 의자 카펫 벽 천장 커튼들이 일제히 징징거리
기 시작한다 그 울음들을 밀며 천천히 비질을 한다
미세한 털들이 와아아 날아오르고 공기들이 일제히
비늘을 세운다 아아아아아아아아아아아
공기들이 운다 울음이 방 안 가득 차오른다 울음들이
미역 줄기처럼
흐느적거린다 울음으로 꽉 찬 장롱 울음들이 걸터앉
아 시시덕거리는 식탁의자 울음들이 디룽 매달린 천장
금세라도 터질 것 같은 울음을 가까스로 잠그고 있는
수도꼭지! 찌르르르— 참을 수 없다는 듯 전화벨이 운
다 울음으로 꽉 찬 몸을 흐느적거리며 꼭 나 같은 것이
안방으로 건넌방으로 부엌으로 흘러 다닌다

한 생각과 생각 사이
— 푸른 호랑이 7

금화여관 골목으로 개 한 마리 들어간다

한 생각과 생각 사이

금화여관 간판불이 환하게 켜진다

한 생각과 생각 사이

금화여관 앞길로 차들이 지나간다

한 생각과 생각 사이

금화여관 계단 옆 추자나무를 가만가만 감아 오르며
능소화가 피고 있다

한 생각과 생각 사이,
누군가 문득 경적으로 울고 간 뒤

\>

구름 지붕을 이고
구름 창을 안고

금화여관 있다

고양이들
— 푸른 호랑이 8

가령,

고양이 두 마리가 눈이 맞았다 치자

그래서?

고양이 네 마리가 되었다 치자

그래서?

고양이 네 마리가 눈이 맞았다 치자

그래서?

고양이 열여섯 마리가 되었다 치자

그래서?

고양이 열여섯 마리가 눈이 맞았다 치자

그래서?

그래서? 그래서?

고양이

…………………………………………………

…………………………………………………

…………………………………………………마리가

되었다

치자

누런 놈 시커먼 놈 얼룩덜룩한 놈 희끗희끗한 놈 꼬리
만 보이는 놈
눈동자만 보이는 놈 눈동자도 안 보이는 놈 쓰레기 통
뒤에서 울음만
날리는 놈 지하 전기실로 몰래 내려간 뒤 소식 없는 놈
개나리 덩굴
속이 된 놈 살구꽃 속이 된 놈 바람 같은 놈 칠흑 같은
노옴……

아아 졸립다
이녁의 눈꺼풀이 스르르 닫힌다

수-억-마-리-의-고-양-이-들-이-촤르르르
눈꺼풀 속으로

이야아오오오오오옹

시계방

나는 그때 회색 스웨터를 입은 늙수그레한 사내가 매일 같은 시간에 벽에 붙은 커다란 괘종시계 뒤에서 걸어 나오는 것을 보았다 무어라 무어라 중얼거리며 쇼케이스 사이를 왔다 갔다 하기도 하고 그 위에 엎드려 무언가 들여다보기도 했다 유심히 보니 그는 쬐그만 시계 속을 들여다보며 핀셋으로 미세한 나사들을 집어 올리고 있었다 아마도 그는 고장난 시계 속에 갇힌 녹슨 시간들을 꺼내 살려주는 일을 하는 것 같았다 예컨대 어느 여름 오후의 장대비 소리와 오늘 자정의 쥐 죽은 듯한 강물 소리를 아니 어느 생의 오후 한시, 그 찌를 듯한 햇빛과 막 동트기 시작한 어느 새벽의 억센 이파리를, 닦고 조이고 다시 조립하는 중이었으리라 시계들은 엄청나게 큰 것으로부터 잘 보이지도 않는 작은 것까지 각양각색이었다 사각형 타원형 곰 뻐꾸기 토끼 여우 올빼미 형상을 한 시간들이 빽빽이 걸려 있는 벽은 시계들에 가려 보이지 않았다 이루 헤아릴 수도 없는 추들이 골똘히 제 시간을 뎅그렁거리는 소리가 천공에 가득하였다.

설마…… 간다는 일
— 푸른 호랑이 9

입김이 설컹, 차 유리에 얼어붙는 저녁일 거야
스무나문 살 됨 직한 숏커트의 아가씨가 우두커니
창밖을 보고 있는 저녁일 거야, 시체처럼
검은 매니큐어의 긴 손톱이

설마˙…… 가요?

물으며 두리번, 앉을 자리를 찾는 저녁일 거야
휑한 차 속, 설마……만
휘—도는 저녁일 거야

눈보라를 뽀얗게 뒤집어쓴 노파 하나가
바닥에 코가 박힐 듯 올라와

설마…… 가유?

• 경기도 파주군에 있는 마을 이름.

>

간신히, 묻는 저녁일 거야
운전석은 텅 비고 눈보라에 가린 유리가
설마……를
모호하게 가리는 저녁일 거야

붉은 나일론 보자기에 싼 보퉁이를 끌어안은 채
검은 가방을 옆자리에 둔 채
분홍 보자기에 싼, 너덜너덜한 벼슬이 다 보이는 장닭
을 가랑이 사이에 숨긴 채
더러운 상자를 친친 묶은 캐리어카를 통로에 세워둔 채
(모두…… 설마…… 가는 이들일까?)
갸웃거릴 때

잔뜩 무거운 표정을 들고 또 한 남자가 오르고
짝, 짝, 짝, 짜짝 짜짝……
검은 매니큐어가 신경질적으로 껌을 씹기 시작하고
생각난 듯, 검은 제복의 운전사가 전용문으로 타고
완강하게 문이 닫힐 때

아저씨, 설마…… 가요?
검은 매니큐어와 붉은 보따리가 확인하듯 다시 묻고
그가 대답 대신 퉁명스레 시동을 걸면

아아, 그 낡은 버스
뽀얀 눈보라의 날개를 펼쳐들고는 뉘엿뉘엿
날아가는 저녁일 거야

새우는 어떻게 새우가 될까

한 떼의 여자들 새우 소금구이 집에서 새우를 굽네
등껍질이 시꺼멓고 미끌미끌한 새우들이
소금 화염에서
수염을 오그라뜨리며
등을 휘며
몸 붉히고 있네

새우의 이녘이 새우의 저쪽이 되는 순간이
비릿하고 고소한 냄새를 풍기네

이쪽이 이쪽인지 모르고
저쪽이 저쪽인지 모르고
파도 속에서
획획 날다가
통통 튀다가

不知不識間, 소금의 불 위에 누운 시간이
생면부지의 목젖을 넘고 있네

不知不識間의 붉은 껍질이
양은 쟁반 위에 수북이 쌓이네

不知不識間!
새우의 來生이 된 여자들이
입술에 묻은 새우껍질을 털어내고 립스틱을 바르네
핑크빛 입술의 새우들이 왁자하니 몰려나간 자리

또 한 쌍의 남녀가
킥킥킥
새우가 되고 있네

이글루
— 푸른 호랑이 10

안방 문을 열고 나와 건넌방으로 들어가는 네가 보인다
식탁의 옆구리를 돌아 벽거울 속으로 들어가
거울 속의 방문을 꽝!
닫는 네가 보인다
(거울 속의 벽이 흔들, 하고)

안방 문을 열고 나와
오른쪽에 화장실을 끼고 왼쪽에 은빛 냉장고를 끼고
뒷방으로 들어가는 네가 보인다
(방문이 가만히 잠기고 문득 정적이 된 네가 보인다)

일본의 대지진이, 벽이 된 TV 속에서 아수라장인데
시든 호접란을 지나
종이 새가 하염없이 날아가는 액자 속 하늘을 성큼성
큼 걸어
문간방으로 가는 네가 보인다
(액자 속 하늘의 문이 조금 열려 있고)

>

안방 문을 열고 나와 허겁지겁
바바리코트 속으로 한 팔을 집어넣으며
현관문을 열고 나가는 네가 보인다

화장실 문을 반쯤 열어놓은 채 변기에 앉아
닫힌 현관문을 물끄러미 바라보는 네가 보인다

벗어놓은 두 손이 설거지통 속에서 벌겋게 부풀어 오
르는 줄도 모르고
검은 수화기 속으로 들어가 나오지 않는 네가 보인다

가도 가도 끝이 없는 거실
생화학적으로 푸르스름한 그 거실의 한쪽 벽에 붙은
안방 문을
열고 나와 어떤 생의 베란다 쪽으로 가고 있는 네가

검은 숲이 마주 보이는 북쪽 창 가스레인지 앞에서
어떤 자의 살을 굽고 있는 네가

살 타는 냄새에 취해 우왕좌왕하는 사이
귀뚜라미만 해진 네가
보인다, 다 보인다
텅 빈 방이 얼마나 많은 너를 낳고 있는지

투경가와 터헝하 사이

노스 허리우드 도서관을 찾아가네
무슨 대단한 작전처럼
스크럼을 짜고 있는 보도블록을 꾹꾹 누르며 가네
거꾸로 선 마당비 같은 야자들의 행렬을 따라
원색 벽화의 담장을 따라
가네, 막무가내 쏟아지는 땡볕을 따라
멕노리아, 멕코믹, 아비뇽…… 따위의
낯선 이름을 따라

가네

그 끝에 있다는 투경가!
가도 가도 보이지 않는 투경가를 찾아가네
맞은편에서 산만한 엉덩이를 실룩거리며 아메리카가
오네

—Sorry…… do you know where is 투경가?
—Sorry

아프리카가 오네
―Sorry⋯⋯ do you know⋯⋯?
―Sorry

유럽이, 오세아니아가, 인도가 오네,
오네, 오네, 땀을 뻘뻘 흘리며
코리아가 묻네
투경가를⋯⋯?
쏘리, 쏘리, 쏘리

오대양 육대주가 다 모른다는 투경가
거기를 지나야 공원이 있고 그 속에 무슨 역사처럼
붉은 도서관이 있다는데

나, 너무 높아 쓸쓸한 야자나무에 기대 젖은 몽당비처
럼 서 있는데
  문득 맨홀 뚜껑을 열어놓고 전선을 잇고 있는
  가무잡잡한 멕시코의 정수리가 보이네

>

—투경가를 아시나요?

—아하, 터헝하(tugunga)?

—Over there

땀투성이 얼굴을 들고 간단히 가리키는 그의 검지 끝에

마술처럼 펼쳐지는 네거리 하나

그 건너편에 한 고즈넉한

공원이 보이고

붉은 단층의 건물이 보이네

손전화 속에서 딸이 깔깔거리네

G도 H도 아니게 들리는 게 멕시코식 발음의 특징이야

아하! 터.헝.하아……

혼잣말처럼 중얼거리는데

그가 확인하듯

—This is my hometown

쐐기를 박네

＞

　민망해진 나 재빨리 투경가(tugunga)를 버리고
　터헝하(tugunga)로 가네

　터헝하를 건너야 오늘을 건널 것 같아
　터.헝.하.를 건너 그 붉은 벽돌집의 노란 불빛 속으로
들어가야
　이 하염없는 ‘오늘’의 속이 보일 것 같아
　터. 헝. 하.

　G라고도 H라고도 말할 수 없는
　한 푸르른 호랑이의 눈동자 속 같은

하룻밤
— 푸른 호랑이 11

창 그림자가 길게 흔들리는 거실 천장 아래
다섯 살 은솔이와 잠을 청한다

저긴 그림자 나라야?
그래, 저긴 그림자 나라란다
저 큰 그림자는 뭐야?
저어 쪽의 창문이지
저어 쪽의 창문이 왜 이쪽 천장에 붙어 있어?
저긴 그림자 나라니까
은솔이 그림자는 어디 있어?
글쎄…… 저 창문 뒤에 숨었나?
저쪽 창문 뒤에도 방이 있어?
아마 그럴걸?
거기 은솔이 그림자도 있어?
그럴걸?
또 뭐가 있어?
글쎄……
아, 알았다! 은솔이가 컸을 때 그림자가 있을 거야!

그렇구나……

할머니가 컸을 때 그림자도 있어?

음— 할머니는 이제 크지 않아

왜?

너무 오래 컸으니까

너무 오래 크면 그림자가 이 방에 누울 수가 없으니까?

응,

그럼 할머니는 어떻게 돼?

조금씩 작아지지

계속 작아지면 어떻게 돼?

먼지가 되지

먼지가 되면 어떻게 돼?

먼지는 너무 가벼워 소파 뒤로 장롱 위로 날아다니
지……

먼지도 그림자가 있어?

먼지 그림자는 너무 작아 보이지 않을걸

—소파 뒤에? 장롱 위에?

\>

호동그란 눈을 하고
말랑말랑한 인형의 팔이 목을 조른다
몇 세기 후의 그림자들이 어른어른 내려다보는 아래

꿈
— 푸른 호랑이 12

수달 같기도 이리 같기도 한 호랑이들이 지나갔지요

황소 같기도 몸메꽃 같기도 한 여자들이 지나갔지요

그 속에 아버지 같기도 선생님 같기도 한 분이 스쳐갔
지요

어머니 같기도 고모 같기도 한 분이 빨래 방티를 이고
갔지요

집 같기도 무덤 같기도 한 속에 돌아간 사람들 어른어
른 사는데

벽 같기도 문 같기도 한 것이 수없이 골목을 이루었는데

나, 그만 그 어디서 길을 잃었는데

문인가 하면 벽이고 벽인가 하면 문이었는데

여기저기 새 같기도 아이 같기도 한 것이 포롱포롱 날
아오르고

어느 네거리 같기도 어느 신호등 속 같기도 한데

회초리 같기도 구르는 바퀴 같기도 한 것이 휘익휘익
지나가는데

여, 여보세요 여기가…… 어디……

소리쳐도 아무도 돌아보지 않고

하―얗게 어둠은 몰려오고

구룩구룩
― 푸른 호랑이 13

비둘기가 운다 창 너머로
신작로가 뽀얗게 달빛을 쓰고 달아나는 것이 보인다
내가 의자에 앉아 르 클레지오를 읽고 있다
의자가 삐꺽삐꺽 운다

개는 ― 멈추었다 ― 그리고 ― 아담 쪽으로 ― 코를 반
바퀴 ― 움직일 듯 ― 하더니 (삐꺽)
물가에서 ― 껑충 ― 뛰었다. 개는 ― 조약돌의 ― 구릉
을 ― 기어 ― 잠자코 있는 (삐꺽) ―
두세 사람 ― 사이를 뚫고 (삐꺽)(삐이꺽)˙

노란 달이 창문 귀퉁이에 붙어 들여다보고 있다(무섭다)
나도 몰래 내가

개, 개 같은 ― 달빛이 ― 멈추었다 ― 그리고 ― 코, 코
를 반 바퀴 ― 움직일 듯하다가 ― 무, 물가에서 ― 껑충

˙ 르 클레지오의 『조서』에서 변용.

뛰었다 — 개, 개 같은 — 달빛은 — 조, 조약돌의 — 구릉을 기어 — 자, 잠자코 있는 — 두세 사람 — 사이를 뚫고…… *삐걱 삐걱 삐걱*

의자가 다급하게 울고 있다
위층 미스 김이 돌아오는 발자국 소리가 다급하다
구룩구룩국국국 비둘기 같은 것이 또 울어댄다
달빛이 사방에서 짖어댄다
사방에서! 내가 르 클레지오를 읽는 소리 들린다

털투성이의 커다란 등에 빗방울을 맞으며 (컹컹) 비오는 거리를
방황하지 않는다면 그 개 같은 (달빛은) 아마 (컹컹컹)……

새벽 2시 5분이다

푸른 호랑이의 시간
— 푸른 호랑이 14

그녀는 그 건물의 청소부였네
이생은 그녀에게 계단 끝에 붙은 녹슨 쇠판을 닦게 했네
쇠판은 자꾸 녹이 슬고 그녀는 종일 거기 붙어 있었네

그녀, 얼굴이 없었네
갈색 머리칼이 함부로 뒤엉킨 뒤통수만 있었네
구부러진 무릎, 펑퍼짐한 엉덩이만 있었네
때 전 면장갑과 계단 너비만 한 자유만 있었네

별별 시간들이 그녀를 비켜갔네
그녀, 어디 사는 누구인지 아무도 모른 채
그래, 알고 싶지도 않은 채
하루가 창 아래로 슬금 흘러내리고
계단 모서리에 삼각 그늘이 누울 때
문득 일어섰네
구부러진 무릎을 주물러 펴고
머리 끈을 고쳐 맸네 그러면
낡은 작업복 속에서 불쑥

낯선 손이 나와서
빛바랜 외투 속으로 그녀를 밀어 넣고
완강한 유리문을 밀고 나갔네

그녀의 머리 끈이 어둠 속을 배추나비처럼 떠간 뒤
생각난 듯 가로등이 켜졌네

얼음의 찰나

— 푸른 호랑이 15

그리고……
나는 골목으로 나가 눈을 쓸었다
얼어붙은 눈을 쓰는 일은 생각보다 힘들었다
자꾸 콧물이 났다 손아귀가 아팠다

눈 쓸린 자리에 얼어붙은 발자국 하나가 누워 있었다
푸른 플라스틱 빗자루를 움켜쥔 채 나는 물끄러미
그걸 보고 있었다
누운 채 그도 나를 보고 있는 듯했다

그를 거기 두고, 발은 무얼 쫓아간 것일까
아우트라인이 선명한 한 뼘 남짓의
얼음의 찰나가 반짝
햇살에 빛났다

그때
나의 어깨를 툭 치며 503호가 말했다

〉

—뭐 잃어버린 거라도 있어?

—으응 뭐……

그녀는 호피 코트를 입고 호랑이처럼 웃었다

—밤새 눈이 퍼붓더니 하늘이 유난히 푸르네

처음 듣는 노래 같은 아침이 몰려오고 있었다

전화
— 푸른 호랑이 16

청소를 하고 있는데 전화벨이 울린다 아니 그것은 그 훨씬 이전부터

울릴 듯 울릴 듯 미세하게 떨리고 있었다 그것이 울리자 그 곁의 공

기들이 마구 파도치기 시작했다 텔레비전이 안간힘으로 버티고 있는

것이 보였다

— 오랜만이야

어릴 적 친구의 목소리,

나는 그것들을 진정시키려고 작은 소리로 말했다

— 넌 어때?

밝은 살색의 햇살이 맞은편 아파트 지붕에 널려 있었다

— 아버지는 괜찮아 이가 조금 상하신 것 빼곤

내가 말했다

한 무리의 학생들이 아파트 사이로 난 오솔길로 가는 것이 보였다

노인 서넛이 잔디에 앉아 이야기하고 있었다

— 네가 보고 싶다

전화선이 파르르 떨리며 그가 울먹거렸다

문득 그가 어릴 적 그린 그림들이 생각났다

냇물이 비뚜름 흐르고 미루나무 몇 그루가 냇물을 따라 걸어가는 그림

그는 구름을 놓을 자리에 신경을 썼었다

—넌 구름을 좋아했었지

—무슨 소리야?

그가 이해할 수 없다는 투로 물었다

—그냥 그런 생각이 났어

잔디에 앉은 노인들은 뭔가 아득한 것에 관해 이야기하고 있는 듯했다

한 노인이 아파트 지붕 너머로 흩어져 있는 비늘구름을 가리키자 다른

노인들이 천천히 고개를 끄덕이는 것이 보인다

어디선가 끊임없이 전화벨 소리가 들린다

그렇지만!
— 푸른 호랑이 17

내가 네가 아니라고 말할 단서가 어디 있니?
또 네가 내가 아니라고 말할 어떤 혐의도 없잖니?
30년 전에 죽은 그의 소설 속에서 아직도
비를 맞으며 서 있는 그녀는 또 누구니?

그렇지만

지금 너는 100년 후에나 지을 집을 설계하며 터무니없
이 즐거워하고
우리는 오십 년 전에 우리가 잃어버린 길에 대하여
더는 생각하지 않기로 했는데……
지금 막 치타 한 마리가 영양의 무리를 쫓아
TV 속 딱 1분의 사막을 날듯 가는데 그 1분의 영원
이후
치타가 될 영양 한 마리가 절대로 내가 아니라고
우리는 시치미를 떼야 하지만

그렇지만

>

약속된 오늘, 502호는 네 번째 인공수정에 실패하고
1005호는 쌍둥이를 낳고 글쎄
연평도가 쑥대밭이 되었다는데
TV가 된 벽이 왜 저리 흥분할까

그렇지만

화성의 한 갈대밭에는 지금 십만 살밖에 안된 어린
　공룡의 알들이 화석 속에서 아무도 몰래 부화 중이라
는데

너는 왜 또 머리카락보다 가는 전화선 속을 걸어와
　엄마, 추워 더 따뜻한 자루가 필요해…… 자꾸 지지직
거리니
　그러니까 나는 머리카락보다 가는 너를 보려고
　돋보기를 귀에 댔다 코에 댔다……

그렇지만…… 애야

>

못들은척당나귀귀로무선전화기속에곰곰들어앉은너는
누구니

타박타박

걸어가, 왼 눈이 오른 눈의 눈물을 닦아줄 수 있다면
타박타박
걸어가, 왼 젖꼭지가 오른 꼭지에 젖 물릴 수 있다면
타박타박
걸어가, 위 서랍이 아래 서랍에 놀러갈 수 있다면

저 일렬종대의 단춧구멍들이 헤쳐 모여
링롱랭 딩동댕
춤추고 노래하고

저기 동그랗게 매달려 한 꽃이 된 꽃잎들이
아득히 홀로서도 꽃이 될 수 있다면

여우 너구리 늑대 이리 개 고양이 살쾡이 호랑이 노랑
꼬리원숭이
나무늘보 청호반새 치치새 휘파람새 흰색반점기러기
청둥오리……

그래, 언제 한번 스친 적도 없는, 그러나
어딘가 푸득푸득 살고 있을 것들, 문득
어느 자욱한 골짝에 모여

I want nobody nobody But You
I want nobody nobody But You

꺼이꺼이 흐득흐득 우우우우
응애응애 어홍어홍 치리치리
우리리리
울고불고 한바탕……

홍대 앞 버스 정류장
기다리는 7612는 오지 않고
칼바람은 귀때기를 오려내고
눈은 퍼붓고
길 끝 뽀얗게 지워지는데, 불쑥
새빨간 입술의 백여우 목도리가 묻네

—여기가 벽제 쪽이에요?

3부

칼

노을 속에는
피 묻은 칼날 같은 것이 있다

밤, 전철
— 푸른 호랑이 18

봐라! 저기,
몸통은 보이지 않고 창자가 훤히 보이는 검은 짐승이
치타보다 더 빠르게 달리고 있다 누가!
저 번개 같은 놈의 몸에 유리창을 달고
환하게 불을 켜놓았을까

채 소화시키지 못한 먹거리들이
꽃처럼 어른거린다

나무, 사슴
— 푸른 호랑이 19

얼마나 오래, 얼마나 질기게 견디면

나무둥치 속에 염통이 생기고

쓸개가 생기고

고요히 흐르던 연둣빛 수액이

뛰노는 붉은피톨이 되는 걸까

얼마나 멍하니

얼마나 머엉하니 기다리면

수십 년 붙박였던 뿌리가

저리 경중거리는 발이 되는 것일까

아직 나무였던 시간들이 온몸에 무늬로 남아 있는데

제 몸이 짐승이 된 줄도 모르고

자꾸 허공으로 가지를 뻗는

철없는 우듬지를 그대로 인 채

저 순한 눈매의 나무가

한 그루 사슴이 되기까지는

사람아, 사람아,

넋 놓고 가다가 문득 돌아보면
어디서 많이 본 듯한 나무 한 그루 서 있고
낯모르는 바람이 툭 어깨를 치고 간다

저 자욱한 이파리들 사이 어디
죽은 피붙이들 돌아와 쓰름쓰름 울고

어느 생에선가 본 듯한 오후가 자자한데
사방에서 발자국 소리 들린다

도대체 여기가 어디?
여기가……
도무지 모를 것 같은
모르고 싶은 날들이여

때 절은 마분지 같은 빵조각을
식은 커피에 찍어 먹는 시간이여

＞

짐짓 등뼈를 곧추세우고
밑도 끝도 없이 컴컴한 신발 속으로
부은 발을 집어넣는 시간이여

안

— 푸른 호랑이 20

I

미이이이이

저 — 쪽에선 한생 날개만 짰네
돌부리 같은 어둠을 풀어 한 올 한 올 짰네
거기가 어디냐고 물으면 모른다고, 칠흑이었다고
어느 거대한 나무뿌리 밑이었다고
흙과 흙 사이 투명한 무슨 껍질 속이었다고
한정 없는 하루였다고……

어느 날,
내가 짠 날개가 겨드랑이에서 요동쳤네
알 수 없는 힘이 나를 끌고 위로, 위로 솟구쳤네
나, 그저 날개를 따라왔네
와서, 이녁이 되었네
이녁의 울음이 되었네
한 이레 울다 갈 날개가 되었네

2

이 밤, 나
어느 집 방충망에 붙어, 안을 보네
저 환한 속……
어느 생인지……
인간의 아이 하나가 뒤뚱, 걸음마를 하네
식구들, 해바라기처럼 둘러앉아……
아아…… 저 풍경!
어느 생에선가 본 듯도 해
저 파르스름한 얼음 빛 불 속은 너무 낯익어
나도 몰래 미이이이이……
울음이 새는데,
그때,

—야! 매미다!
누군가 소리쳤네

나의 아들의 딸을 이름 짓는 일은

어려워라 아직 태어나지도 않은 나의 아들의 딸을 이
름 짓는 일
　지금쯤 어느 성층권 외진 길을 타박 오고 있을
　인간도 신도 아닌
　눈곱만 한 이를 이름 짓는 일

　이번 봄에 온다니 '봄'이라 할까
　봄……
　봄아아 어디 있니 놀자 봄아
　사랑해요 봄 씨
　봄 선생님 그간……
　봄! 너 진짜 그럴 거니?

　돌림자인 '여'를 넣어볼까?
　여진 여령 여경 여정 여래
　여래?
　이와 같이 왔도다……?
　중얼거리는데 문득 눈앞이 환해지고

웃는 듯 우는 듯 여래께서 계시네

오오 여래시여

어머 어머 여래야

이와 같이 오고 이와 같이 가는 아이야

애초부터 거기 그냥 계신 이야

가당치도 않아라 이름 짓는 일

번개보다 빨리 줄달음치는 이 롤러코스터 속으로

봄비처럼 스며들 나의 아들의 딸들아

조개산

산처럼 쌓인 조개 옆에 쭈그리고 앉아
몸도 넋도 없이, 한 이십 년 조개만 깠대요
문득 그녀 저 조개산에서 나왔을지도…… 하는 생각
조개산에서 태어나 조개 엄마의 젖을 먹고 조개 속에서
학교 가고 연애하고 결혼하고 조개 새끼 같은 아이 낳아
……

쩍쩍 갈라 터진 손이 연신 흘러내리는 조개산을 쓸어
올렸죠
회칼 같은 바람이 뺨을 할퀴고 가든 말든
쭈그러진 양은 도시락 속의 찬밥 덩이를 나무젓가락
으로
집어 먹으며 비린내에 젖은 잭나이프로 연신
꼭 다문 조개들의 입을 쑤시고 있었죠

고동 소리 하나 없이 미끄러져가는 고깃배를 배경으로
그녀와 조개산이 한 폭 세한도를 그렸죠

〉

'조개 한 사발 주세요'

이천 원을 내밀자 작은 양은 대접을 든 그녀의 손이
포클레인처럼 조개산 기슭을 퍼 올렸죠

검은 비닐에 조개산 기슭을 담아 들고 나는 다시
굴, 도다리, 꽃게, 장어, 임연수어, 새우, 해파리, 홍어,
김, 멸치, 아귀······들의 길로 들어섰죠

한 발 뗄 때마다 조개산 기슭이
달그락 달그락
經 소리를 냈죠

고생대
— 푸른 호랑이 21

빌린 옷을 입고
빌린 신발을 신고
빌린 가방을 들고
빌린 찻삯으로 전차를 타고
면접을 보러 갔습니다

빌린 옷은 너무 크고
빌린 신발은 너무 작고
뒤꿈치에서 몰래 저희끼리 피를 보고
빌린 것들로 꽉 찬 가방은 영문 모르게 무거웠습니다

잘하는 게 무엇입니까?
…… (빌리는 것)

왜 하필 이 일을 하려 하십니까?
…… (내게 꼭 맞는 걸 빌려보려구)

그러나 웬일인지 그때 나의 입은 내게

입술도 혀도 빌려주지 않았습니다

默默不答
絶對沈默

에게, 면접관은 결정적으로!
마음을 빌려주지 않았습니다

나는 다시
빌린 옷을 입고
빌린 신발을 신고
빌린 가방을 들고
빌린 찻삯으로 전차를 탔습니다

전차 속은 전차가 빌린 승객들로 우글우글하였습니다

나는 또,
빌린 엄마와 빌린 동생들을 걱정하기 시작하였습니다

팜 스프링스에서, 울다

햇볕이 양동이로 퍼붓는 팜 스프링스
보글거리는 온천물에 벗은 몸을 담그고 우리는
울었네 아름다운 사막 팜 스프링스에서

나는 엄마 너는 딸 너는 서른 나는 쉰하고도 다섯
너는 짝을 잃고 울고, 애비 잃은 새끼들을 생각하며
울고
나는 우는 너를 보며 울었네
오, 오, 오 온천물은 철없이 펄펄펄 끓는데, 팜 스프링스
지진은 때 없이 지축을 흔드는데, 팜 스프링스

노랑머리 늙은 인형들이 쭈글쭈글한 입술을 맞대고
아이 러브 유, 아이 러브 유, 가증스럽게 웃으며
관절염의 다리로 물장구를 치는데
즐거운 팜 스프링스, 왜?
우리는 깃털처럼 가볍게 아이 러브 유!
안 되는가! 아이 러브 미!
도 안 되는가

울며 생각했네
애야, 나는 언제부터 네 엄마가 되었고 너는 또
언제 내 딸이 되었단 말이냐? 어이없게도……
울었네

엄마, 그놈은 정말 개새끼야
그래…… 그래…… 그럴 거야, 건성 대답하며
진심으로 울었네 개새끼 — 하고
씹는 맛이 나쁘지 않았네
개새끼, 개에 새끼 —
기일게 씹으면 눈물이 났네
새벽까지 우리는 그런…… 그런……
개새끼들의 물속에 잠겨 있었네

달빛이 포클레인으로 후벼 파는 팜 스프링스의 밤
별빛이 벽돌장으로 쏟아져 내리는 팜 스프링스의 새벽

그래도 애야 나쁜 기억은 빨리 지우는 게 좋단다

쏟아져 내리는 벽돌장을 온몸으로 맞으며 나는 대충
타이르고
깊이 울었네, 그녀는
울지 않았네
그래…… 그래…… 젠장,
너는 엄마 나는 딸

햇빛도 달빛도 발가벗은
신나게 눈물 나는 팜 스프링스
팜 스프링스!

琉璃

― 푸른 호랑이 22

자두 빛깔의 해가 앞 동 피뢰침에 꽂혀 있었다
피뢰침이 불타고 지붕이 불타고 보이지 않는 커튼이
몰래몰래 불타고 있었다

새 한 마리가 불타는 커튼 뒤로 사라지고 있었다
비행기 한 대가 불타는 커튼 뒤로 사라지고 있었다
고양이 눈 같은 것이, 이무기 같은 것이 불타는 커튼
뒤로 사라지고 있었다 누런 베옷 자락을 끌고
울며, 누군가 불타는 커튼 뒤로 들어가고 있었다
어디선가 희미하게 휘파람 소리가 들리는 듯했다

그때 나는
琉璃˙ 안에서 손톱을 깎고 있었다
손톱이 사방으로 튀었다

• 황금빛의 작은 점이 군데군데 있고 검푸른 빛이 나는 보석.

유년

— 푸른 호랑이 23

　저쪽 길 끝에 대여섯 살은 돼 보이는 계집아이가 오고 있습니다
　잡고 있던 어느 신의 손을 놓친 것인지
　구우으 으으으
　비둘기 울음 같은 울음을 이녘까지 흘립니다

　이녘은 지금 황혼
　코스모스들이 호박빛 저녁의 속을 흔들고 있는데

　역광의 저쪽은
　꼭 반세기 전쯤의 아니
　한 세기 후쯤의 어느 여명인 것만 같아

　문득 나 선 자리 둘러보니
　지금은 없는 우체국 자리입니다

　누군가 저쪽에서 부친 아이 울음을
　누렇게 바랜 모자를 쓴 늙은 우체부가

커다란 우편가방에 넣고 와서는
내 귀에 슬쩍 꽂아놓고 간 것도 같습니다

저 아이
저렇게 하염없이 울며
한 줄로 선 쥐똥나무 이파리를 한 장씩 뜯어 던지며
길고 완강한 저 벽돌 담장을 다 셀 듯 걸어
이녁까지 닿는 때는 언제일지요

암, 암!

암인지도 모른다고 정밀검사를 해야 한다고 겁을 준
의사는 한 달 여정의 휴가를 떠나고 없었네
피가 정상인의 반도 되지 않는다고
철분은 십분의 일밖에 되지 않는다고
어디선가 오래 피가 새고 있다고
심각하게 말해준 고마운 의사는 없고
나는 하릴없이 재래시장에나 갔네

한 노파가 순대좌판 앞에 앉아 있었네
　노파의 감옥인 다라 속에는 서리서리 감긴 순대의 길
이 있고
　오색 날개의 똥파리 한 마리가 그 위를 저공비행하고
있었네
　칼자국이 낭자한 도마 위에서 칼을 잽싸게 집어 들며
노파가 물었네

어떤 놈으로 드릴까요?
맛있나요?

암이요

다요?

아암, 癌이구 말구요!

상견례

죽은 동생 대신 상견례를 하러 간다
(지금부터 나는 그다).
그가(아니 내가) 죽을 때 일곱 살이었던 딸은 이제 스
물여덟이 되었다
(대견하다).
무덤 속의 시간들이 주마등처럼 지나간다
거기까지 따라와 피, 살, 뼈, 내장 다 파먹던
들쥐, 뱀, 두더지, 구더기들
수십 년 묵은 아카시아 뿌리 같은 것들

그녀(아니 나의 딸)가 살포시 내 옆에 앉는다
(낯설다).
나는 한생 한 번 스친 적도 없는 사람들과 마주 앉아

네 네 그렇시죠 그렇습니다 뇌며
근엄하게 덜 익힌 고기를 씹는다

자세히 보니

그들도 어느 무덤에서 막 나왔는지 뻣뻣이 몸이 굳어
있다

다, 당신들은 언제 죽었소? 지, 지금은 어느 무덤에 계
시오?

나는 불쑥 그들에게 묻고 싶은 걸 꾹 참는다

조금 늦게 도착한 신랑이 미안한 표정으로 인사를 하고
사람들 피 묻은 입술을 냅킨으로 문지르며 바라본다

뭘로 드시겠습니까?

종업원이 그에게 메뉴판을 내밀며 묻는다

미디엄으로 익혀⋯⋯
⋯⋯(   )

칼로 고기 써는 소리
접시에 부딪는 포크 소리들만 간간

새소리처럼 들리는

이 지하 일 층

모서 춘인당 한약방
— 푸른 호랑이 24

마음자리가 한산 모시 같은 친구하고 둘이서 모서 사촌 집에 가고 싶네

모서 초등학교 앞 한적한 길 모퉁이에 빙그레 서 있을 춘인당 한약방

작은 서랍들 잔뜩 매단 약장이 있고 그 앞에 스테인리스 약 짜는 기계가 있고

그 사이를 어른거릴 그,

미간에 우스꽝스런 주름 서넛 만들며

어이, 시인 누야 우엔 일이요

아무도 없는 진찰실을 우렁우렁 울리며 호탕하게 웃을 그의

두꺼비 같은 손잡고 늙은 어리광 부리고 싶네

깐 밤 같은 그의 안식구는 조용조용 안부를 물으며 서둘러 끼니를 준비하겠네

같이 간 친구, 조용히 눈으로만 마당의 장독이며 분꽃이며 둘러보다가

벽에 걸린 思母曲을 눈으로 읽다가 끄트머리 낙관 위에 얹힌

'孤哀子'

라는 말 밤송이같이 걸려

'외롭고 슬픈 자식……'

혼자 중얼거릴 때

'아, 아입니더 '孤'는 애비 잃은 자식에 쓰고

'哀'는 에미 잃은 자식을 일컬어 쓰는 말 아입니꺼 그래서

'孤哀子'란 부모를 다 잃은 자식을 말합니더'

바로잡아주겠네

그의 말 더 쓸쓸해 친구나 나나 한마음으로 처연해질 때

— 달이는 잘 있나?

마음 추스르듯 내가 묻고

잘 있제 하믄, 지지금 자급자족 하능기라. 우야겠노?

그가 외국서 고학하는 딸년 애기를 남의 애기처럼 흘릴 때

가지가지 산나물 맵짜게 무치고 보글거리는 청국장 가

운데 앉힌

저녁상이 들어오겠네

'이 사람 달이 간 뒤로 매일 새벽 세시반이면 기도하러

저 산 중턱

암자에 간다 누우야 그뿐인가? 포도 농사 혼자 다 짓
고 작년부터

식당까지 한다 누우야

그의 댁은 그저 웃고 우리는 쌉싸름한 나물 반찬을 목
젖으로 밀어 넣겠네

그때, 드르륵, 약방문 여는 소리 들리고

약국 어른 기십니꺼?

한 촌로가 들어오고 기우뚱 그가 일어나 약방으로 들
어갈 때

나는 보겠네

그와 큰아버지와 할아버지

삼대의 한약방이 토해놓는

못 말리는 약초냄새 속으로

약간 저는 그의 발이

기울어지는 제 몸 애써 세우듯

한 가계를 천천히 제자리에 앉히는 것을

검은

검은 고양이 한 마리가 생선 가시를 물고
아파트 지하로 사라지신다
(지하에는 전기실이 계시다)

그 문에서!
허리가 기역자로 구부러진 부처 한 분이
백발 노파로 걸어 나오신다

그 문으로!
철가방을 든 중국집 배달부가 들어가시고
새빨간 입술 한 분이
목줄에 맨 애완견 한 분을 끌고 나오신다

리라리라리라리라리~ (엘리제를 위하여)

악취를 가득 싣고 쓰레기 수거차가 들어서신다
문을 밀고 나오던 대여섯 살 된 아이 한 분이 놀라 들
어가신다

저녁이 지우시는 자취들이 거무스름하시다

악취가 하염없이 검으시다

근대

허리가 활처럼 휘고 눈이 한쪽 찌그러진
녹슨 청동 부조 같은 할머니가
근대 밭에서

　─이봐, 근대 알어 근대?
　─된장 풀어 국 끓이면 맛있어 근대…… 무쳐 먹어도
맛있구
　─할머니, 근대…… 꼭 시금치 같네요
　─아녀, 시금치보다 질쭉허구 억세지 더 넙적허기도
허구

비닐하우스 속, 4열 종대로
近代史의 무슨 행군처럼 시푸르게 가고 있는 근대 속에
백발을 박은 할머니

　─이것들, 햇빛을 못 보니께 더 시푸른 거 같어
　그래도 햇빛 본 눔덜보다 힘은 읍지 뭐 맛도 덜 허
구……

근대…… 뭣이든 비바람 맞어야 제맛이 나는디

수세기 녹슨 청동의 손이
근대의 대가리를 썩뚝!
썩뚝! 자르며

벚꽃들
— 푸른 호랑이 25

나, 한때 벚꽃나무 아래 집을 지었지
벚꽃 아래서 밥 먹고 벚꽃 아래서 책 보고
벚꽃 아래서 연애하고 벚꽃 아래서 널 낳고
하늘만 한 벚꽃 모자를 쓴 채 죽었지

—엄마, 여긴 아직 벚꽃이 피어도 아이들은 창백하고
병적으로 키만 크고 바닥에 새우처럼 오그리고 누운
노숙들은 해가 져도 일어나지 않아요

—그런데 얘야 거리가 왜 이리 고요하냐
아기 나비 같은 꽃잎들만 떼 지어 몰려다니는구나

—엄마, 아직도 여긴 벚꽃이 밥이 되지 않아요
아기 나비 같은 꽃잎이 나비가 되진 않듯이

—그렇지만 얘야,
벚꽃이 피고 벚꽃이 피고 또 벚꽃이 피면
바위가 모래사장이 되고 모래사장이 갈매기가 되어

끼룩끼룩 날아오르고 갈매기들이 모래사장이 되어 와글
거리고
그러면 글쎄 어미들이 문득 진흙이 되기도 한단다
진흙의…… 뿌리가 되고 줄기가 되어
끈적한 대롱 속을 미친 듯 기어올라 가지마다 저렇
게……

—그럼 진짜…… 엄마?
진흙 엄마?
오오 가여운 벚꽃 엄마?
비 한 번만 내리면 흔적도 없을
거짓 엄마?
그저 한 사흘 슬쩍해 달아날
사기, 절도, 강간, 협잡꾼 엄마?
그렇지만, 어쩜 좋아, 그 옛날, 땟국물 쪼르르한 행주
치마의
야릇한 비린내를 풍기며 실바람에도 파르르 떠는
불안신경증의 공황장애의 이 환한 엄마들을

>

— 애야, 그저 한 사흘이란다
참을 수 없이 가벼운 연분홍의

모래들

그 밤, 나는 바닷가 모래 위에 누워 하늘을 보았다
별들이 모래알처럼 흩뿌려져 있었다
모래들은 가만히 있었다
조개껍질 깨진 병조각 말라비틀어진 해초들도 가만히
있었다
바람이 불었다 어디선가 바람이 불어왔다
나는 그것이 일 년 전의 바람인지 천 년 전의 바람인지
알지 못했다

4부

타인들
— 푸른 호랑이 26

이 집에 누군가 살고 있다
아침마다 일어나 쌀을 씻어 안치고
국을 끓이고 나물을 무치고 수저를 놓고
청소기를 돌리고 빨래를 널며

노인네가 웬 잠이 이리 많아
투덜거리며, 해가 中天인데 뭐하는 거야
꽝꽝 문을 두드리며,
내 말 안 들려? 안
들려? 들려 들……
린다…… 아아아아,

無限天空에서 찌개 끓는 소리
廣大無邊의 가래 끓는 소리

누군가 끊임없이 이쪽으로 걸어오고
누군가 끊임없이 저쪽으로 걸어간다
누군가 방문을 슬그머니 열어보고 간다

들린다
어느 가없는 방에서 누군가 쿵! 넘어지는 소리
저 벽 뒤에서 갓난아이 우는 소리

누군가 아득히 식탁에 둘러앉아 밥 먹고 있다
허공에 둥둥 뜬 의자를 연신 삐걱거리며

얼룩
— 푸른 호랑이 27

비 새는 베란다 천장을 우두커니 올려다보는데 문득 거기
낯선 얼굴 하나 있습니다
턱수염 수북하고 눈빛 고요합니다
어디 깊은 데서 혼자 견딘 隱者 같기도 합니다
그도 무슨 울 일 있었는지 눈언저리에 물방울 맺혀 있습니다

저 천장 시멘트와 흰 페인트 사이 종잇장보다 더 얇은 한세상이 있어
그, 거기서 울고 웃고 투닥거리다가 한순간
저런 얼굴이 되어 저도 몰래 이쪽 넘겨다본 걸까요

그쪽 어디 누가 못 박는 소리 들립니다
끌 같은 것으로 긁는 소리 들립니다

그의 얼굴이 점점 어두워지고 윤곽 희미해지더니
순식간에 물투성이가 되어

투둑투둑 떨어집니다

지금 내가 할 수 있는 일은
저 흥건한 것들을
양동이에 가만히 받아내는 일 뿐입니다

누런 풀이

누런 풀이 풀풀풀 날고
나뭇잎이 괜히 사그르르르
떨며 곤두박이는 이런 날은
기차를 타고 저 시퍼런 하늘이나 가볼까?

저 아래, 꾹꾹 박힌 집들,
산, 강, 길, 전봇대, 우체통 같은 것들
꽃 먼지 닦듯 쓱쓱 밀어내며
뒤로, 뒤로 사라져볼까

그때, 너는 어쩜
당뇨로 발가락을 잘라낸 큰아버지를 뵈러 가는 중일지
도 몰라
제 똥을 찍어 벽화를 그리는 할머니를 뵈러 가는 중일
지도 몰라
그러나, 큰아버지 집에는 큰아버지가 없고
할머니 집에는 할머니가 없고
지랄 같은 바람만 삭은 대문을 흔들지도 몰라

그럼 어때?
대신, 단내에 취해 아픈 줄도 모르다 저도 몰래 져버린
찔레 꽃자리나 보면 되지
말라빠진 가시 굴헝이나 보면 되지

아니, 아니
치매에 걸려 억만 년
같은 길만 오가는 바보 같은 해나 보면 되지
달이나 보면 되지

누런 풀들이 풀풀풀 날고,
더 누런 나뭇잎들이 와그르르 쏟아지는
이런 날은

神 2

나는 매일 신을 신고 저자로 갔네
나의 신은 나의 발에 꼭 맞아 마치 내 몸의 일부인 것
같네
이따금 신은 고약한 냄새를 피우기도 하지만
그건 전적으로 나의 탓
내가 신을 씻지 않았기 때문이네

어디로 가나요?
신은 내게 한 번도 물은 적 없네
나도 마찬가지

내가 집 안에서 쉴 때 신은 문밖 댓돌에서 나를 기다
리네
그럴 때 신의 속은 어둠으로 가득하네

몇 해 전 내 어머니가 돌아가셨을 때
나는 그녀가 묻힌 비탈에서
그녀의 신이

옷가지들과 함께
불구덩이로 던져지는 것을 보았네

神이 타는 냄새가 코를 찔렀네

神 3

염소들은 뿔이 증거다
검은 가죽이 증거다
메에에에에
앙증스런 울음이 증거다
아장아장 걷는 걸음이 증거다
神이라는!

온몸이 증거이니 두려움이 있을 리 없다
아기 염소 한 마리,
먹이 들고 유혹하는 사육사의 뒤를 따라 검은 천막 안
으로 들어간다

문득 돌아선 주인이 식칼로 자신의 목을 푹 찌를 줄 알
면서도
솟구치는 핏속에 빨대를 꽂고

ㅡ숨 쉬지 말고 한 번에 쭉 들이켜세요
백 일밖에 안된 놈입니다

>

때 묻은 지폐를 향해 공손히 절할 걸

알면서도

이시가와 신전에서

봐라, 신은 텅 비었다
지금 그는 한 줄기 바람으로 다 삭은 문짝이나 흔들고
있다
녹슨 돌쩌귀로 삐이걱 삐이걱 울고 있다
수세기의 마루에 내려앉은 늙은 햇빛이나 주물럭거리
고 있다
빈 의자 속, 가도 가도 의자인 길을 돌다
아예 무늬가 된 자도 있다

눈도 코도 귀도 없는 그 청맹과니들
금줄로 달아둔 짚단 밑을 오가며
아름드리 왕벚나무 아래 적막으로 뒹굴고 있는 것들

사람들 손뼉을 치며 주문을 외며 제 불안을 신탁하지만
어떤 자는 혁명을 꿈꾸고
어떤 자는 도적노름에 빠져 있고
또 어떤 자들은 건달처럼 건들대지만
하, 그들도 머지않아 신이 될 자들

거친 몸 천지사방으로 흘려보낸 뒤
어느 날 문득, 봉투만 부쳐온 서찰처럼
텅 빈 자신을 받아안을 자들

이녁의 하루가 또 저물어 새소리 잦아든다
아직은 사람인 저들, 서둘러 저자 쪽으로 돌아서며 중
얼거린다
벌써 저녁이네, 서둘러야지

神들의 도매상
─ 가방 도매상에서

신들이 산더미로 쌓여 있었다 속을 긁어낸
악어 물소 장어 산양 늑대 돼지들의 가죽을 뒤집어쓰고
가방이 된 신들의 빈 속을
누군가 신문으로 채워 넣고 있었다

네모난, 둥그런, 쭈글쭈글한, 번쩍번쩍한
온갖 모양의 신들은
트럭에 대량으로 실려가기도 하고
삼삼오오 몰려다니는 여인들에게
하나둘 팔려가기도 했다

어떤 여인이 신들을 뒤적거리며 말했다

─ 이거 더 싸게 안 돼요?
주인이 앙칼지게 신들을 뺏어 제자리에 놓으며 말했다
─ 여긴 도매상이에요

때로 제 무게를 못 이긴 신들이 와르르 쏟아지기도 했다

>

　그 골목으로 커피 장수가 지나가고 국밥 장수가 지나
가고
　짐꾼이 지나가고 일수쟁이가 지나가는 동안
　남은 신들은 죽은 듯 박혀 있었다

　— 이놈의 불경기는 언제 끝나나
　천 년이 하루였다

밤산, 밤 산
— 푸른 호랑이 28

밤 산을 우리는 아버지라 불러도 좋겠다
밤산을 우리는 곰이라 불러도 좋겠다
호랑이라 불러도 좋겠다
늑대라 이리라 거머리처럼 뒤엉켜 우글거리는
혼의 덩어리라 불러도 좋겠다 밤 산!
밤의 산, 밤과 산 사이의 아득한 거리
아버지와 곰 사이 형언할 수 없는 어른거림
곰과 호랑이 사이 천 길 낭떠러지
호랑이와 늑대 사이 죽어도 타협할 수 없는 흉흉함!
그렇다, 늑대와 뒤엉킨 거머리들의 사이 절대로 웃어
넘기지 못할 비유의 密敎!

밤산은 희다 밤, 산은 검다 밤산은 보라
밤 산은 청 분홍 노랑 회색 옥빛 그러나……,
밤산, 밤 산은 무엇인가

쇳덩이보다 무겁고 풍선보다 가벼운 그것
너부죽하고 비스듬하고 문득 우뚝한

그것, 사기꾼 같은
그것, 어린아이 같은 노파 같은 족제비 같은
꿩 같은 그것

끙끙 앓는 그것
킬킬대는 그것
꿈틀거리는 그것

죽은 고양이, 물귀신, 낮잠 든 갈보
일수쟁이 망나니 춤꾼 환쟁이 전과×범

저기!
그 것 이 지 나 간 다

혜화동
— 푸른 호랑이 29

혜화동이라 했습니다

성당이 있는 로터리를 돌아 약간 언덕진 골목을 올라

첫 번째 전봇대에서 꺾으라 했습니다

삼간초가라 했습니다 조금만 걸어가면 혜화 국민학교

가 있다 했습니다

열 살이라 했습니다 엄마를 태운 꽃상여가 집을 나간 게

그게 뭔지 몰랐다 했습니다

마루기둥 붙잡고 폴짝거리며 무슨 노랜가 불렀다고,

어머니……

정신 맑을 때 들려주신 이야깁니다

오랜 심장병에 지친 어머니 일흔 조금 넘어 정신 흐려

지셨습니다

멀쩡하다가 한순간 정신 줄 놓으실 때

'미안하지만 혜화동 우리 집에 좀 데려다 주세요'

한 번도 본 적 없는 낯선 딸에게 공손히 부탁하셨습

니다

'혜화동에 누가 사는데요?'

'울 엄마도 오빠도 동생도……'

그 애절한 눈빛…… 한 번도 못 들어준 나는, 그녀에게 모르는 사람 맞습니다

밥벌이 가는 몇 시간 도우미에게 맡겨진 어머니, 나를 가리켜

'쉿, 저 여자 조심하세요 저 여자 내 지갑을 자꾸 훔쳐가요'

무서운 표정으로 고개를 저었다고 합니다

'뭘 잘못하셔서 어머니에게 점수를 잃으셨어요?'

재미있다는 듯 깔깔대는 도우미 앞에서 문득 소름 돋는 날 있었습니다

생각하니 나 평생 그녀의 지갑 훔치며 살았습니다

그 낡은 지갑에는 더 훔칠 게 없어 종래는 혼까지 훔쳤습니다

어느 날입니다

밥벌이 갔다 오는 내게 도우미 아주머니가 전화했습니다

'급한 일이 생겨 지금 빨리 가봐야 하는데 30분쯤 혼
자 계시면 안 될까요?'

하도 사정하기에…… 그러라고……

그 30분, 어머니는 사라지셨습니다 영하의 추위에 잠
옷 차림으로

봄나들이 가듯 날아가셨습니다

놀라 묻는 내게 아파트 경비가 말했습니다

'아, 아까 그 할머니요? 못 보던 할머닌데……

집이 혜화동이라고 그러기에 길 잃은 할머닌가 해서
112에 신고했지요'

엄마— 엄마—

아이처럼 부르며 파출소로 달렸습니다

아아, 거기 연분홍 꽃무늬 잠옷 화사하게 걸치고 잔뜩
겁에 질린 어머니

새파랗게 언 입술을 실룩이며 울음 터트렸습니다

'저 사람들 우리 집이 혜화동이라고 아무리 말해도 안

믿어요 아주머니,

　미안하지만 혜화동 우리 엄마한테 좀 데려다 주세요'

　추위와 두려움으로 오그라져 한 줌도 안되는 어머니
를, 아니 나를,

　업고 돌아오던 그 밤,

　골목마다 전봇대는 수도 없는데

　가도 가도 혜화동은 없었습니다

죄
― 푸른 호랑이 30

어느 생의 안쪽이었는지, 바깥이었는지……
그 며칠, 법화경 독송 기도회에 갔더랬지요
청암사…… 이름처럼 푸른 바위는 없고
거무스레 이끼 낀 바위들만 한 골짜기를 이루었데요
그곳 사람들, 복사빛 얼굴에 파르라니 머리 깎은
비구니가 되어 있거나
그들 앞에 무릎 꿇고 기도 제목을 적는 보살이 되어 있
거나
아니면 건들건들 요사채나 기웃거리는 길손이 되어 있
거나
엄청나게 큰 무쇠솥 걸린 아궁이에 솔가지 밀어 넣는
공양주가 되어 있거나 아무튼,
그리 그리 보낸 날짜들 꼽아보는데 소용되는 죄만 해도
법화경 한 권이 모자란다 했지요
낙태아를 위한 기도가 있다네요
장부를 앞에 놓고 중년의 비구니 한 분이 나직이 물었
습니다
지운 아기가 있습니까?

여인들 당황하는 빛 역력하다가 긴 한숨 내뱉듯

하나,…… 둘,……

기어드는 소리로 우물거리는데, 나 그만

그 지우다…… 라는 말 너무 아득해

생각하니 한 아이 지운 적 있지요

아니 생살 찢어 도려냈으니 '새긴 적 있다' 해야겠지요

늑막염에 걸린 어미 살자고 캄캄한 배 속에서 4개월

웅크린 목숨

강제로 등 떠밀어 보낸 적 있지요

스님, 상처에 조용히 소금 뿌리듯

'그 아이들, 이름 붙여주어야 합니다 이승에서 이름

한번 못 불리고 간 아이들 아닙니까'

합니다 얼굴도 모르는 아이 하나가 늑막 아래서 울었

습니다

목이 메고 가슴이 벌렁거려 물끄러미 맞은편 산등성이

를 보고 있는데

눈엔지 숲엔지 뿌옇게 안개 서려 유리누각도 숲도 그

저 희미합니다

'이름 지으셨습니까?'

얼결에 나는 그만

'혜명……'

하고, 부르고 말았습니다

스님이 든 검은 붓펜 끝에서 '혜명'이 흘러나왔습니다

깨끗한 공책에 적힌 내 아이 '혜명'은 너무도 선명했지요

눈이 더듬더듬 '혜명'을 쓰다듬어봅니다

이 세상 말로는 다 할 수 없는 일이어서 나는 차마 속으로도

'미안하다 잘못했다' 말하지 못했습니다

그 밤, 환하게 불 밝힌 유리누각에 든 보살들의 독경 소리는 깊고 슬펐습니다

나는 거기 들지 못했습니다

계곡 건너에서 다른 생을 훔쳐보듯 그곳을 보았습니다

누각 뒤 어둑한 대웅전에서 한 여인이 하염없이 절을 하고 있었습니다

독경 사이로, 뭔가 몰래 지우듯
가만가만 계곡물 흐르는 소리 들렸습니다
나는, 아무래도 낯선 이름 '혜명'을 꺼내봅니다

혜…… 명……, 혜…… 명……

북두칠성이 무섭게 가깝고
몇 발짝 위
뒤를 알 수 없는 커브 길이 유난히 캄캄했습니다

울음 2
— 푸른 호랑이 31

어으으 어으 어으!

동네를 쩌렁쩌렁 울리며 또 노인이 운다

—시상에, 아흔이 넘은 노인이 목소리도 크제 이 할매 또 뭐 누셨능가 보다

환갑이 넘은 며느리가 달려가 기저귀를 만져본다

—괜찮은데 와 우시능교, 뭐 잡숫고 싶어요?

그녀가 희미하게 고개를 끄덕인다

—우짜겠노? 이제 우시는 기 말이 됐으니

—무신 노망이 우는 노망이 다 있노?

며느리가 딱하다는 듯 투덜거린다

—아이라 이 사람아, 평생 참은 울음이 터진기라

실컷 울고 가시게 그냥 두소

칠순을 바라보는 아들이 혼잣말처럼 중얼거린다

—보소, 양반집 종가 며느리로 80년인기라

말 뺏기고 눈물 뺏기고 표정까지 뺏긴 세월이 80년인기라

보소, '음전한 종부'가 우리 어무이 별명 아이가

그 별명 값 하니라 눈에 넣어도 안 아픈 자식 셋씩이나

먼저 보내고도

조상 앞에 죄스럽다고 표정 하나 흐트리지 않던 양반 아이가

육이오 나고 世傳之財物 다 거덜 나서 끼니가 간 곳 없어

삯바느질로 연명하면서도 윗돌 빼서 아랫돌 고이고

아랫돌 빼서 윗돌 놓으며 찍소리 없이 오대봉사하던 어른 아이가

동네 사람들 하기 좋은 말로 울 어무이 밥통은 조갑지만도 못하다고 놀렸제?

평생 밥이라곤 반 그릇도 못 잡숫는 양반이 힘은 황우라고

40년 모신 당신도 울 어무이가 고기 못 잡숫는 사람인 줄 알았제?

그저 시래기나물만 드리면 최곤 줄 아는 양반이라고?

하이고, 요새 사람들은 한술 더 떠서 그런 식성 때문에 저래 오래 사시는 기라고 호강에 겨운 소리들 하더라만, 봐라, 어무이 정신 놓으시고부터 고기반찬 없으면 진지

안 잡숫는 거, 장정 저리 가라 고봉밥 잡숫는 거
　그거 다, 일생 참고 사신 거 보여주고 가실라 카능기라
　울 어무이 몸띠이가 울음 뭉치 아이가
　저 몸 울음으로 다 흘려보낼라 카먼 낙동강 칠백 리도
모지랄끼라

　─어으 어으 어,억,억

　수십 길 울음 폭포 또 쏟아진다
　거기서 갈려 나온 울음 두 줄기
　밤새 두런두런 흘러내리며

먼지 아버지
— 푸른 호랑이 32

내가 돌아가신 아버지의 먼지투성이 방석을 풀썩거리니까
그는 죽은 아버지를 왜 자꾸 들썩거리냐고 핀잔을 준다
아버지는 나와 함께 핀잔을 받고도 잠잠하시다 죽음은
괄괄하던 性情을 잠잠하게 만들기도 하나 보다

나는 아버지가 먼지투성이로 이리저리 밀리시는 게 싫다
먼지떨이로 아버지를 툭툭 털면 먼지 아버지가 방 안을 휙휙
날아다니신다 죽음이 벽으로 장롱으로 뽀얗게 내리신다
종래에는 천장에 거꾸로 붙어 고요하시다 깨끗하시다

그러면
산재한 죽음 속에서 나는 일단 기분이 좋다

지금 아버지는 비스듬한 햇살 위에 사선으로 떠서
그저 비스듬하고 뿌옇게 계신다

오늘

— 푸른 호랑이 33

그것을 양로원에 맡기고 그것이 돌아왔다
아래층에는 수족을 못 쓰는 그것을 골방에 가두고 매일
쇼핑을 다니는 그것이 살고 있다
두두치킨 옥상 광고탑에서 밤새 달리는 에쿠스는 언제
봐도 쿨하다

바이더웨이 알바 아가씨는 왜 한여름에도 소매가 긴
블라우스를 입을까
능소화는 왜 남의 몸을 칭칭 감고 올라가 저 높은 곳에
꽃 피울까
언제부터 복싱 경기는 인기가 없어졌을까
오이 냄새 나는 고추는 어디서 왔을까
어쨌든!

오늘은
그것과 헤어지고 그것과 결혼하는 그것의 기사가 연예
란에 대서특필된 날
남해 어느 바다에서 2미터가 넘는 숫돔이 잡힌 날

그것을 가지려고 그것을 타고 그것으로 달려간 그것
들이
밤늦도록 돌아오지 않는 날

天空에는 여전히 그것이 그것을 정신없이 돌고
까마득 아래 여기
누군가 그것 뒤에서 흐느끼며 그것에게 전화하고

사과

저기
하초를 허공에 묻고 위태롭게 디룽거리는
저 유구한 것들을
그래, 사과라 불러보자

사과,
어느 날 문득
어지러운 가지 사이가 낳은 것
겹겹의 이파리 사이가 낳은 것
유난한 빛 사이가
천둥과 장맛비 사이가
뭐라 설명할 길 없는 캄캄함과 환함의 사이가
낳은 것.
낳은 것. 낳은 것.

엄마, 사과다!

철모르는 아이가 송충이 같은 손가락을 들어 가리키

는 것

　　지금 까마귀 한 마리가 울며 고누고 있는 것

　　빨간 껍질

　　노란 속

　　들큰한 국물이 전부인

　　핏빛 홍등

봄비

— 푸른 호랑이 34

목관을 받치고 있는 저 레일은 아무래도 너무 짧다
이 문에서 저 불구덩이까지는 순간이다

유리 밖에서 식구들 차마 울지도 못하고 먹먹
　제 마지막 지켜보며 제 속의 불구덩이 슬그머니 쓸어
보는데
　시간 반이면 끝난다는 그 일, 일생처럼 아득해
　하나, 둘, 식권 받아 쥐고 식당으로 달아나
　식판 들고 줄 서서 부러 와자지껄 떠든다
　콩나물 무침, 돼지 볶음, 김치, 육개장 빠질세라 챙겨
들고
　—음, 콩나물 무침이 맛있네, 먹어봐
　—그래, 여긴 반찬이 괜찮네
　어쩌구 하며 지금쯤 불의 화엄을 무아지경 통과하고
있을
　그의 지난 무용담을 늘어놓는데

　아, 이 양반 하늘만 빼꼼한 두메산골에서 팔남매 중 다

섯째로 태어났제

　열네 살에 글씨, 순전히 배가 고파 집을 나갔제, 동가
식서가숙 유리걸식

　하다 열일곱, 해방되던 해 호구지책으로 군에 갔제, 창
군 멤버라나 뭐라나,

　육이오, 사일구, 오일륙 거치며 한때 승승장구했제 그
란디, 어데 심술궂은

　귀신들이 그라고 호락호락 살게 내버려두는가 아이고,
이 양반

　S공대 다니다 정신 분열증에 걸린 큰아들 땜시 잘나가
던 인생 종 쳐부렀제,

　그뿐인가, 어려서 뇌염 앓아 일생 정신 어리한 둘째는
어떻구!

　쉬잇

　이 대목에서 사람들, 조용조용, 꽝! 꽝! 죽음에 대못을
박는데

　문득 천장에 걸린 화면에서

　'××× 화장 끝'

자막이 뜨고, 잠시 후
'×××	냉각 중'
자막이 또 뜬다

— 생각보다 일찍 끝났네
—그러게······ 원캉 몸이 말랐잖여
사람들, 주섬주섬, 먹던 수저 내려놓고 일어서 식당 문
을 나서는데

잔뜩 구부리고 허둥대는 등허리마다
푸슥 푸슥
불 꺼지는 소리로 내리는
봄비······
봄비······

흰 구름 역 3번 출구

흰 구름 역은 서쪽으로 한 마장쯤 가면 있다네, 아니
어디서든 순환선을 타고 서쪽으로 슬쩍 졸고 나면 닿
는다네
찻삯은 그때그때 다르다네
벌써 다 늙어버린 이는 무임승차도 된다네

흰 구름 역에 내려, 흰 구름 계단을 오르면
흰 구름 가로쇠가 지키고 있는 개찰구가 있는데
거기 표를 넣으면 자동으로 찻삯이 계산된다네
일단, 거길 지나
구름 누더기를 뒤집어쓰고
구름 동전 몇이 든 깡통 前에 오체투지하고 있는 걸인
을 지나
〈죽여주는 구름빵집〉, 〈천냥 구름백화점〉, 〈뚱보 구름
김밥〉,
〈쇠심줄 구름신발〉, 〈구미호 구름화장품〉, 〈할렐루야
구름양품점〉,
〈알록달록 구름꽃집〉, 〈솜사탕 구름호프〉, 〈앗 뜨거 구

름불닭발〉을 지나면
　　오만 가지 구름 노점상이 줄지어 있는 길이 나오네
　　구름 바닥은 언제나 더럽고 질퍽거린다네
　　구름을 철석으로 믿는 사람들은
　　구름 위에 철근을 세우고
　　하늘을 찌르는 건물을 올린다네
　　하여 그곳은 점점 깊고 어두워져
　　한번 들어서면 다시는 못 나온다는 골목도 생겼다네

　　요 며칠 흰 구름 역은
　　분홍 구름들이 벚꽃처럼 몰려와 천 년이 하루 같다네
　　연인들 그 밑을 걸으며 소근거리네

　　—자기, 여긴 꼭 구름 속 같잖아?

點心
— 푸른 호랑이 35

오늘 점심은 야들야들한 호랑이 쌈밥
끝이 보이지 않는 대평원의 접시에
목을 쳐도 피 한 점 흘리지 않는 착한 이파리 같은
호랑이들을 차려놓고
쌈을 싸야지

이루 헤아릴 수도 없는 날들로 반죽된 이 눈부신
단 하루의 정오에는
온갖 무늬의 호랑이들을 다 불러
암, 쌈을 싸야지

노랑 줄무늬 호랑이 똥으로 만든 쌈장은 너무 구수해
한 숟갈 푹 퍼 넣고 싸 먹으면
아아, 둘이 먹다 셋이 죽어도 모를 거야

바람은 공짜로 산들거리지
햇빛은 무장무장 쏟아붓지

>

이봐, 저 시푸른 호랑이 초무침 좀 먹어봐

펄쩍펄쩍 뛰는
찌개 같은 정오잖아?

뭐라구?
여기가 그 푸른 호랑이의 배 속이라구?

젠장, 그럼
나, 지금 놈에게 '點心' 하고 있는 거니?

이녁의 시학

황현산 · 문학평론가

인도 라호르 대학의 논리학 교수인 알렉산더 크레이지는 갠지스강 삼각주에 산다는 푸른빛 찬란한 호랑이를 찾아 나선다. 삼각주의 마을 농민들은 그를 돕기로 약속하고 밤마다 정글 기슭에서 망을 본다. 푸른 호랑이가 나타났다는 전갈을 받고 논리학 교수가 현장에 달려가면, 호랑이는 번번이 사라지고 없다. 호랑이를 목격했다는 말은 그를 돌려보내기 위해 마을 사람들이 적당히 지어낸 이야기일지 모른다. 교수는 참지 못하고 정글의 진흙 언덕에 올라가 푸른 호랑이를 찾겠다고 말한다. 마을 사람들은 깜짝 놀라 그를 막아섰다. 진흙 언덕은 성스럽고 무서운 곳이어서 아무도 발을 들여놓아서는 안 된다는 것이다. 교수는 밤을 도타해 언덕에 올랐다. 꼭대기에 도달하니 새벽녘이었다. 하늘이 밝아졌지만 새 한 마리 울지 않았다. 푸른 호랑이가 존재한다는 이야기는 헛소문에 불과하다고 생각하려는 순간 진흙이 갈라진 틈 사이로 푸른빛이 어른거렸다. 가까이 다가가서 보니 단추 같기도 하고 동전 같기도 한 푸른색 작은 돌멩이들이 틈바구니에 가득 차 있다. 그는 한 움큼을 집어 호주머니에 넣고 마을로 돌아왔다. 아침에 그는 그 돌멩이의 수를 세려고 했으나 셀 수 없었다. 그 가운데 하나를 분리하면 그 하나가 여럿이 되었다. 거기서 하나를 분리해도 역시 마찬가지였으며, 한데 합하면 최초의 한 움큼으로 다시 돌아갔다. 그는 공포에 사로잡혔다. 성소를 더럽혔다고 분노하는 마을 사람들을 피해 그는 라호르로 되돌아왔다. 그는 논리학 교수답게 가져온 푸른 돌에 표시를 하고, 집합으로 나눠 정렬하고, 온갖 방법을 다 동원했지만 그 수를 셀 수 없었다. 그는 마음에 병이 들었다. 우주가 이런 비합리적인 것의 존재를 용납한다고 믿어버리기보다는 자신이 미치는 편이 더 낫다고 생각했다. 어느 날 그는 모스크에 들어가 까닭도 없이 샘물에 손을 담그고 마음의 짐을 벗게 해달라고 기도했다. 그때 갑자기 눈먼 거지가 나타나 적선을 빌었다. 그가 동전 한 닢 가진 것이 없다고 말하자, 눈먼 자는 그에게 가진 것이 많다고 말했다. 교수가 그에게 푸른 돌을 모두 내주자, 그는 보답으로 주어진 시간과 지혜와 관습을, 이 세계를 존중하라는 말을 건네주고 사라졌다.

보르헤스의 단편소설 「푸른 호랑이」를 개략해서 간추린 이야기다. 헤아릴 수 없는 것을, 다시 말해서 무한을 상념한다는 것은 위험한 일이다.『길가메시 서사시』에서 길가메시가 인간이 어떤 힘을 쌓아 어떤 몸부림을 쳐도 끝내 불멸에 이를 수 없음을 깨닫고 남기게 되는 교훈, 곧 이 세상에서 잘 사는 것이 가장 잘 처신하는 것이라는 말과 눈먼 거지의 말은 비슷하다. 이경림은 새 시집에 '내 몸속에 푸른 호랑이가 있다'라는 제목을 달고 서른다섯 편의「푸른 호랑이」를 시집에 깔아놓으면서, 스스로 보르헤스의 저 푸른 호랑이를 염두에 두었다고 고백한다. 그것은 인간과 인간의 모든 기획을 넘어서는 것이지만, 바로 그 때문에 인간의 생활에, 그 실생활에 없는 것과 다른 것이 아니다. 그것을 무한이라고 부르건 다른 무엇이라고 부르건 그것을 붙들고 생각하는 일은 허망하다. 그렇다고 이경림이 눈먼 거지의 교훈까지 그대로 받아들이는 것은 아니다.

시인은 푸른 호랑이가 자기 안에 존재한다고 믿으며 (첫 시「쏘」에서 그는 "네 몸속에 푸른 호랑이가 있다"는 시구를 일곱 번이나 반복한다) 자주 삶 속으로 출몰하는 것을 느낀다. 느낀다는 것과 확인한다는 것은 물론 같지 않다. 이것이 그것이라고 말하는 것과 이것이 그것인 성싶다고 말하는 것은 다르다. 이 푸른 호랑이들은 시인이 머리말에서 알려주듯 "꿈인 듯 생신 듯 어른거리던 자리"이며, 생시라고 하더라도 그것은 연기처럼 손가락 사이로 빠져나가는 그 생시의 시간과 별로 다르지 않다. 몽롱함만이 그 중

거인 자리이기에 그것은 차라리 푸른 호랑이라는 이름을 얻었으리라. 시인은 이 시간과 다른 시간의 경계에 섰을 때, 그것을 파악한다기보다 그것과의 관계를 설정한다.

그 경계 앞에서, 때로는 위에서, 시인이 종종 쓰는 말은 "이녁"이다. 쓰임이 복잡한 '이녁'은 본래 관형사 '이'와 의존명사 '녁'이 합쳐진 말이다. '녁'은 '저물녘'에서처럼 시간을 나타내기도 하지만 '들판 한 녘'에서처럼 공간을 지시하기도 한다. 단일 명사로 굳어진 '이녁'은 무람없는 처지에서 상대방을 약간 낮춰 부를 때도 쓰고, 말하는 사람 자신을 가리킬 때도 쓰고, 어쩌다가는 '각기 저 자신'이라는 뜻으로도 쓴다. 이경림에게서 '이녁'은 그 쓰임의 복잡한 갈래를 모조리 간직하고 있다. 그것은 사람이면서 장소이며, 장소이면서 시간이다. 「우리가 한 바퀴 온전히 어두워지려면」 "먼저 어둠이" 갈가마귀 떼처럼 몰려와 모든 것을 다 덮어야 한다고 절규하듯 말하는 시에서,

그때, 궁창은
이루 셀 수도 없는 별들을 켜들고 달려오고
한 귀퉁이에서 달은 예의 그 노란 터널을 열리
그 속으로, 이녁이 한도 없이 흘러가는 소리……

를 듣는 이 "이녁"은 말하는 사람 자신이면서, 그를 포

함한 우리들이며, 우리들의 생명이 의지하는 이 세상이
다. "바람 소리"나 "풀벌레 뒤척이는 소리" 같기도 하고,
"지구 돌아가는 소리"로 들리기도 하고, "신음 소리"거나
"뉘 우는 소리"이기도 할, "짧고 깊은 꿈 건너"가면서 "이
녁"이 듣게 될 이 소리는 '이 녁'의 소리이면서, '이 녁'
이 달빛의 "노란 터널"을 타고 '저 녁'으로 흘러가는, 또
는 '이녁'이 '저 녁'으로 바뀌는 소리이다. 이 세상의 온
전한 어둠은 또 다른 세상의 빛이 된다고 해야 할 터인데,
이 세상은 어둠까지도 온전하지 않다. "이녁이 한도 없이
흘러"가는 소리 들리지만, 이녁은 결국 지워지겠지만, 그
것은 완전한 어둠을 만난 다음의 일일 뿐이다.

「고양이들 — 푸른 호랑이 8」에서, "고양이 두 마리가
눈이" 맞아 네 마리, 열여섯 마리…… 기하급수로 불어
나는 그 번식을 상상할 때, 그 다양한 모습과 온갖 행티를
상상할 때,

아아 졸립다
이녁의 눈꺼풀이 스르르 닫힌다

이때 "이녁"도 화자이면서 이 세상이다. 저 고양이들은
각기 제 안에 푸른 호랑이를, 무한한 생명을 한 자락씩 지
니고 있다. 제가 무한의 자락인 줄도 모르고 개체 안에 잠
복해 있는 무한이 힘을 발휘하여 또 하나의 무한을 연출

하려 한다. 그러나 '이녁'에서의 무한은 '이녁'에게 끝없이 불어나는 파편의 준동으로만 인식된다. '이녁'의 인식은 그 무수함과 그 끝없는 준동을 감당하지 못하고, 졸음 속에 들어간다. 수억 마리의 고양이들이 사슬을 지어 눈꺼풀 속으로 들어가는 순간은 그 무한이 허무로 떨어지는 시간인 동시에 이 유한한 세상으로서의 '이녁'이 화자 '이녁'을 통해 저 무한의 푸른 호랑이와 짧게 관계를 맺는 계기이다.

그러나 이 관계는 완전한 것일 수 없기에 '저것들은 왜 여기 있는가'라는 의문은 여전히 남을 것이다. '이녁'의 모든 '이녁'들이 다른 '이녁'을 바라보며 이 의문을 품는다. 「안 — 푸른 호랑이 20」의 '이녁'도 마찬가지다.

어느 날,
내가 짠 날개가 겨드랑이에서 요동쳤네
알 수 없는 힘이 나를 끌고 위로, 위로 솟구쳤네
나, 그저 날개를 따라왔네
와서, 이녁이 되었네
이녁의 울음이 되었네
한 이레 울다 갈 날개가 되었네

여기서 화자는 한 마리 매미다. 어느 인연으로 푸른 호랑이가 매미의 날개로 돋아나 매미의 '이녁' 곧 매미의

168

자아가 되고, "이녁의 울음", 곧 이 지상의 울음이 되었다. 두 부분의 나뉜 이 시의 후반부에서 이 매미는 "어느 집 방충망에 붙어" 방 안을 들여다보는데, "어느 생에선가 본 듯도 한" "인간의 아이 하나가 뒤뚱, 걸음마를" 하고 있다. 이녁(이제 작은따옴표를 벗어버리자)에서 이녁이 저 녘의 이녁을 만나는 것이다. 방 안의 누군가가 "야! 매미다!" 하고 소리칠 때, 아마도 이 매미는 '내 안과 마찬가지로 네 안에도 푸른 호랑이가 있다'고 말할 것이다. 푸른 호랑이가 '네' 안에 있건, '내' 안에 있건, 그것은 갇혀 있지 않다. 그것은 벌써 생명이거나 생명이 될 모든 것을, 이녁과 저 녘을. 이녁의 시간과 다른 녘의 시간을 연결한다. 연결하는 것이 아니라, 나뉘는 듯 나뉘지 않는 어떤 것에서 어떤 것으로 일어나 그 모든 것의 안팎을 넘나든다. 너와 나는 매미이며, 매미의 날개이며, 그 날개로 돋아 날아오르는 힘이며, 이녁에서 이녁의 울음이 되는 어떤 일어남일 뿐이다. 너와 나는 그렇게 모든 것이며 아무 것도 아니다. 너와 나의 이녁은 저 녘에서 이녁으로 뻗어 있는 푸른 호랑이가 한 번 일어서는 자리이며, 그 계기일 뿐이다.

완벽하게 사개를 물린 시 「이시가와 신전에서」에서, "한 줄기 바람으로 다 삭은 문짝이나 흔들고 있"는 텅 빈 신에게 기도를 드리는 사람들도 이와 다르지 않다. 그들은 "제 불안을 신탁"하며 "혁명을 꿈꾸"건 "도적놀음에 빠져" 있건, 건달이건 신실한 사람이건, 제 홍진을 천지간에 흘려보내고, "어느 날 문득, 봉투만 부쳐온 서찰처럼 / 텅 빈 자신을 받아안을 자들"이다. 시는 이렇게 끝난다.

> 이녁의 하루가 또 저물어 새소리 잦아든다
> 아직 사람인 저들, 서둘러 저자 쪽으로 돌아서며 중얼거린다
> 벌써 저녁이네, 서둘러야지

"벌써 저녁"이다. 빈 봉투처럼 "텅 빈 자신을 받아안을" 시간인 이 "저녁"은 벌써 '저 녁'의 시간이다. "아직 사람인 저들"은 이윽고 푸른 호랑이에 귀의하였다가 그 일어섬에 흔들리며 저녁과 이녁을 또다시 넘나들 것이며, 제가 확실한 이녁이라고 믿고 또 다른 이녁을 만날 것이다. 「새우는 어떻게 새우가 될까」에서의 새우처럼, "새우의 이녁이 새우의 저쪽이 되는 순간이" 비릿하고 고소한 냄새를 풍길 때,

> 이쪽이 이쪽인지 모르고
> 저쪽이 저쪽인지 모르고
> 파도 속에서
> 획획 날다가
> 통통 튀다가

不知不識間 소금의 불 위에 누운 시간이

생면부지의 목젖을 (…)

넘게 될 것이며, 「고고학적 아침」이 말하듯이 "유리 밖
으로 신석기의 구석기 청동기 쥐라기……의 아침들이 한
꺼번에 지나가"는 것을 보며, 그것이 새 아침이라고 말할
것이다.

그렇다고 이경림의 시집을 어떤 허무주의적 존재론으로
만 이해할 수는 없다. 이녁의 세상은 막막한 저녁에 잠시
한 자락 펼쳐놓은 자리이고, 이녁은 저마다 어둠 속에 명
멸하는 불티보다 작은 점이지만, 그 안에는 저 막막한 어
둠을 고스란히 감싸 안지는 못해도 그 어둠 속에 한 이녁
의 존재를 아련하게 펼쳐놓는 먼 기억이 있다. 「유년—푸
른 호랑이 23」은 슬프고 아름답다. "저쪽 길 끝에 대여섯
살은 돼 보이는 계집아이" 하나가 "비둘기 울음 같은 울음
을 이녁까지" 흘리며 오고 있다. "이녁은 지금 황혼"이어
서 "코스모스들이 호박빛 저녁의 속을 흔들고 있는데",

저 아이,

저렇게 하염없이 울며

한 줄로 선 쥐똥나무 이파리를 한 장씩 뜯어 던지며

길고 완강한 저 벽돌 담장을 다 셀 듯 걸어

이녁까지 닿는 때는 언제일지요

이녁에게는 또 하나의 이녁이 있다. 이녁은 여기 있는데, 저 세상처럼 먼 곳에 있는 다른 이녁의 슬픔은 너와 나를 넘나드는 이 이녁에게까지도 여전히 해소되지 않는다. 내 안의 푸른 호랑이가 나를 넘어서듯, 내 슬픔이 나를 넘어서서 푸른 호랑이가 어른대는 자리의 그 끈질긴 감정이 된다. 이녁에서 이녁이 얻은 것이 결국은 이 슬픔이라고 말하려는 것이 아니다. 그보다는 오히려 무한의 푸른 호랑이가 날개가 되고 소리가 되어 일어서는 힘이 이 슬픔이라고 말해야 할 것이다. 다른 제목도 번호도 없는 「푸른 호랑이」에서 "설렁탕과 곰탕 사이에" 사는 푸른 호랑이 한 마리가 지닌 "형언할 수 없이 슬픈 눈"의 그 슬픔은 제 존재를 부지하기 위해 희생으로 삼아야 하는 "어떤 생의 머리뼈와 어떤 생의 허벅지 살"에 바쳐지는 것이 아니라, 화장터의 "저 높은 굴뚝을 천천히 빠져나가는 푸른 연기와/사라지는 뼈/사라지는 살들"에 바쳐지는 것이 아니라, 차라리 저 자신을 일으켜 세우는 "사나운 관능"에 바쳐진다.

제 안의 푸른 호랑이를 바라보는 정신은 제 안에서 사납거나 끈질기게 일어서는 그 맹목의 날개를 한순간 멈추고, 나는 왜 여기 있으며, 저것들은 왜 저기 있는가 묻고 싶어 한다. 시의 깊이는 이 질문의 깊이와 같다.

남의 시집 한 녘을 빌려 내 추억 하나를 적는다. 내 어머니는 아홉 남매를 낳았으나 내 위로 둘이, 내 아래로 셋이 모두 어렸을 때 죽었다. 내 밑으로 두 번째 아이가 죽었을 때의 일이다. 새벽에 아버지와 어머니가 죽은 누이를 안고 밖으로 나갈 때 나는 자는 척하고 있었다. 아버지가 말했다. 이녁은 울지도 않는가? 어머니가 수수께끼 같은 말로 대답했다. 이녁이 어디 있소? 당신이 슬퍼해봐야 무슨 소용이냐는 뜻이었을 것이라고 나는 늘 생각해왔다. 문제는 당신의 슬픔이 아니라 살아 있는 것들의 슬픔이라는 말도 거기 포함되어 있을 것이라고, 이경림의 시집을 읽으면서 다시 생각한다. 우리 집에서는 죽은 아이들을 위해 스님을 불러다 몇 차례 경을 읽었다. 그 경에 이경림의 시집과 다른 말이 쓰였을 것이라고는 생각지 않는다. 죽은 아이들은 저곳에 있어도 경을 읽는 것은 이녁의 일이다.

문예중앙시선 007

내 몸속에 푸른 호랑이가 있다

초판 1쇄 발행 | 2011년 6월 30일
초판 2쇄 발행 | 2011년 9월 30일

지은이 | 이경림
발행인 | 김우석
편집장 | 원미선
책임편집 | 박성근
편집 | 박민주
마케팅 | 공태훈, 석평자

디자인 | 오필민디자인
인쇄 | 영신사

발행처 | 중앙북스(주)
등록 | 2007년 2월 13일 (제2-4561호)
주소 | (100-732) 서울시 중구 순화동 2-6번지
전화 | 1588-0950
홈페이지 | www.joongangbooks.co.kr

ISBN 978-89-278-0229-7   03810